FSC
www.fsc.org

MIX

Papier aus ver-
antwortungsvollen
Quellen

Paper from
responsible sources

FSC® C105338

Hans Hohlbein

Die Legende vom Ritter Bruno

Die Legende vom Ritter Bruno

Wie ein Schwarzwalddoktor zum Glücksritter der Einheit wurde

Eine unglaubliche aber wahre Geschichte

Hans Hohlbein

Neue
Länder

Impressum

© 2019 Hans Hohlbein

Umschlaggestaltung: Hans Hohlbein

Grafik: Frei nach Albrecht Dürer „Der heilige Georg"

Gestaltung Titelblatt: Hans Hohlbein

Fotos: Editions VALOIRE, Imprime en C.E.E. Produktion LECONTE

Herstellung und Verlag: BoD – Books on Demand, Norderstedt

ISBN : 9783744811026

Printed in Germany

Bibliografische Information der Deutschen Nationalbibliothek

Die Deutsche Nationalbibliothek verzeichnet diese Publikation in der Deutschen Nationalbibliografie; detaillierte bibliografische Daten sind im Internet über http://dnb.d-nb.de abrufbar

Prolog

Es begab sich aber zu der Zeit, da ein Gebot vom
Kanzler der Einheit ausging, dass alle ritterlichen
Edelmänner die im Osten ihres Landes gelegenen
Ländereien zählen und ihre Anwesen in blühende
Landschaften verwandeln sollten. Und sie kamen
alle, unternehmungslustige Kaufleute, Händler und
Eroberer. Von nun an schwärmten sie aus, um ihr
profitorientiertes Glück in den neu erworbenen Län-
dern zu machen. So überlegte auch Ritter Bruno aus
dem Breisgau kommend, welche neuen Horizonte er
zukünftig noch erobern könne, ohne dass der gemeine
Untertan in ihm einen versteckten Raubritter erkennen würde. Und so beschloss er als erstes seinen nie-
deren Raubritterstand abzulegen und beschaffte sich
eine völlig neue hochwohlgeborene Identität. Darüber hinaus änderte er schlicht seinen Namen und er-
hob sich ganz beiläufig in den wohlfeilen Adelsstand,
indem er seinen neu erworbenen Namen zusätzlich
mit einem Dr. Titel schmückte. Als einfacher Ritter
aus dem Schleswig-Holsteinischen kommend bezog er
fortan ein neues komfortables Anwesen im Breisgau
unweit von Freiburg im schönen Kirchzarten gelegen.
Von dort aus wollte er zukünftige Pläne schmieden,
mit welcher Strategie er den Osten Deutschlands un-
behelligt und vor Allem verlustfrei erobern könne.

Der Möglichkeiten gab es viele, sie schienen gar endlos und so entwickelte er schließlich seinen ganz eigenen, genialen Eroberungsplan.

I

Jahre waren ins Land gegangen. Man schrieb bereits das Jahr 1999. Trotz vieler Versprechungen schienen die blühenden Landschaften für viele Menschen nicht so richtig erkennbar. Der Osten dümpelte gebietsweise noch vor sich hin, viele Unternehmen hatten aufgehört zu existieren und in der Folge stiegen auch die Arbeitslosenzahlen in beachtliche Höhe.

Wir waren Fernsehschaffende im ehemals größten Medienbetrieb des Ostens gewesen, welcher sich Deutscher Fernsehfunk nannte. Aus alter Verbundenheit und um die Erinnerungen an unsere große Zeit des Fernsehmachens im fröhlichen Kollegenkreis wieder aufleben zu lassen, hatte sich eine stattliche Anzahl von ihnen zu einer großen Feier wiedergetroffen. Es war wohl das erste größere Treffen von Kollegen des Kinderfernsehens und fand in einem denkmalgeschützten Gebäude, dem sogenannten „Schafstall", auf dem Gelände des ehemaligen Fernsehfunks statt. Fast wie in alten Zeiten bei gutem Essen und reichlichem Trinken amüsierte sich jeder auf seine Weise. Mehr als zehn Jahre nach dem Mauerfall erfreuten sich alle an dieser einmaligen Wiederbegegnung. Auch ich hatte mich an diesem Abend unter den großen Kreis ehemaliger Mitstreiter gemischt, führte viele Gespräche und freute mich besonders auf das Wiedersehen manch vertrauter Gesichter nach so langer Zeit.

Welchen Weg in die neue Zeit waren sie wohl alle gegangen? Wer hatte wieder Arbeit und Anschluss gefunden, wem ging es gut und wem schlechter?
<Hallo... dich habe ich ja lange nicht gesehen... mit dir habe ich ja noch ein Hühnchen zu rupfen> prasselte es mir von einem gerade angesteuerten Tisch entgegen. Durch Dunst und lautes Stimmengewirr erkannte ich meinen alten Kollegen Ralf N. Nichts ahnend setzte ich mich zu ihm an den Tisch.
<Wieso Hühnchen rupfen, was meinst du damit?> Irgendwie hatte ich mich riesig gefreut unter meinen alten Kollegen besonders Ralf gesund und munter wiederzusehen. Aber die Freude schien bei ihm nicht ganz so groß, mich wiederzusehen. Warum das so war, sollte ich auch gleich erfahren. Zu meinem großen Erstaunen erzählte mir Ralf etwas von einem gewissen Dr. Bruno H., bei dem er im Jahre 1992 zusammen mit einigen anderen Kollegen beschäftigt gewesen sei. Obwohl er auch von meiner Tätigkeit beim Ritter Bruno gehört hatte haben sich unsere Wege nie gekreuzt. Trotzdem vermutete er, dass ich in dieser mysteriösen Raubritterburg vermutlich eine zwielichtige Rolle gespielt haben könnte. Denn Ritter Bruno war eines schönen Tages bei Nacht und Nebel mit allem Inventar aus der Burg geflüchtet und hatte eine beachtliche Anzahl von enttäuschten Kollegen aus dem ehemaligen Osten schmählich zurückgelassen. Dass ich schon einige Zeit früher zornig auf Ritter Bruno der Burg den Rücken gekehrt hatte, konnte Ralf schließlich nicht wissen. Und so erzählte ich ihm in groben Zügen meine Geschichte vom Glücksritter Bruno.

Die Legende vom Ritter Bruno

Wie ein Schwarzwalddoktor zum

Glücksritter der Einheit wurde

II

Am 14.03. 1991 saß ich voller Hoffnung und mit großen Erwartungen im Zug nach Freiburg Breisgau. Der Deutsche Fernsehfunk hatte mich im Zuge seiner Auflösung entlassen und so folgte ich dem ersten Ruf der Arbeitsvermittlung zu einer Vorstellung bei einem gewissen Dr. Bruno H. in das Breisgauer Land.

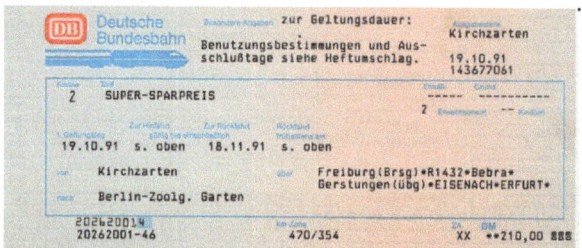

In einer Villa im schönen Kirchzarten bei Freiburg erwartete mich Dr H. um mir das Programm der nächsten drei Tage zu unterbreiten. In den Räumen der Villa waren neben seinem Büro Kamera und Lichttechnik als auch einen Schnittplatz installiert und er hatte vor, gleich am nächsten Tag mit mir an unterschiedlichen Drehorten mein Können zu testen. Untergebracht in einer kleinen gemütlichen Schwarzwaldgasstätte, stand am kommenden Morgen eine sportliche BMW Limousine vor der Tür, um mich zu einer Art Motivbesichtigung abzuholen. Bevor es aber zum ersten vorgesehenen Drehort ging fuhr Dr. H. mit mir durch die reizvolle Landschaft im Breisgau, um mir dort die eine oder andere zukünftige Location zu zeigen. Bei einem Zwischenstopp an einer wunderschön gelegenen Wassermühle mit dazugehörigem Gehöft, überraschte mich mein vielleicht zukünftiger Arbeitgeber mit seinem neuesten Plan, dieses wunderbar geeignete Anwesen zu einem Fernsehstudio auszubauen. Dies alles klang durchaus überzeugend, schließlich arbeitete er mit seiner Firma schon längere Zeit für das Fernsehen Schleswig-Holstein TV- und Videoproduktion GmbH. In seinen Plänen hatte er bereits die Stallungen zu Studios und die Mühle zur Restauration umgestaltet. Hier sollten nach allen Regeln der Kunst Sendungen produziert und Filmproduktionen realisiert werden. Von diesem Elan motiviert, fuhr ich am folgenden Tag mit Ritter Bruno samt Kameraequipment und Lichttechnik weiter ins schöne Breisach am Rhein in die Privatsektkellerei Geldermann. Dort waren wir verabredet, um in den altehrwürdigen Gewölben dieser Kellerei einige Sequenzen für einen Werbefilm zu drehen. Obwohl ich nur ein kleines Equipment an Lichttechnik zur Verfügung hatte, bemühte ich mich um eine stilgerechte Ausleuchtung der Kellergewölbe. Wollte den hohen Anforderungen für diese Werbung um jeden Preis gerecht werden. Auf der Rückfahrt in mein Schwarzwaldquartier versicherte mir Dr. Bruno H. abends bei Kirschwasser und Schwarzwaldschinken, dass ich meinen Test bestanden hätte und ganz nebenbei machte er mich auch sofort mit meiner zukünftigen Assistentin bekannt.

Schon am darauffolgenden Tag stand ein Besuch im Elsass und in Straßburg auf dem Programm. Im Klein-Venedig der Altstadt von Colmar weihte mich Ritter Bruno bei einem bekannten Winzer in die Geheimnisse der Elsässer Weine ein und erwähnte beiläufig, dass bei der künftigen Weinlese vor Ort noch einiges an Filmaufnahmen zu realisieren sei. Zusammen mit einigen anderen Mitbewerbern habe ich dies dann zu einem späteren Zeitpunkt auch getan. Zunächst aber ging unsere Tour erst einmal weiter nach Straßburg. Für später geplante Dreharbeiten war in dieser Stadt eine Motivbesichtigung des Straßburger Münsters vorgesehen. Ich war erschlagen von den gewaltigen Ausmaßen im Inneren dieses gotischen Liebfrauenmünsters und machte mir Gedanken wie ich diese heiligen Hallen in das richtige filmgerechte Licht setzen könne. Mit entsprechenden Aufzeichnungen in der Tasche verließen wir das Münster, um in einem am Canal des Faux Remparts gelegenen kleinen Restaurant die hervorragende Elsässische Küche zu genießen und damit das erste Kapitel meiner Testreise hinter mich zu lassen.

III

Wieder in Berlin zurück bekam ich auf dem Post-
weg am 17.03.1991 ein Schreiben von der „FSH
TV- und Videoproduktion GmbH" mit Sitz in
Lübeck. Darin bedankte sich Dr. Bruno H. für meine
persönliche Vorstellung und mein Interesse am
„Testprogramm". Zitat:
Sie haben bei mir einen sehr positiven Eindruck
hinterlassen, so dass ich mir eine Einstellung als
Kameramann sehr gut vorstellen kann. Frühester
Einstellungstermin wäre der 01.Mai 1991, bzw. der
01.Juni 1991. Anfangsgehalt wäre für Sie 6.000,00
DM brutto, wobei nach der Probezeit eine Erhö-
hung von 500,00 DM – 1000,00 DM möglich wäre.

FERNSEHEN SCHLESWIG-HOLSTEIN   **TV- UND VIDEOPRODUKTION GmbH**

Fernsehen Schleswig Holstein GmbH i. G. Mengstr. 50 2400 Lübeck

Mengstraße 50
2400 Lübeck
☎ 04 51 70 53 05

Herrn

17. März 91

Bewerbung als Kameramann

Sehr geehrter Herr ▇▇▇▇▇

für Ihren persönlichen Besuch und Ihr entgegengebrachtes
Interesse als Kameramann für unser neues Fernsehstudio
"Freiburger TV- und Videoproduktions GmbH" in 7800 Freiburg
möchte ich mich recht herzlich bedanken.

Sie haben bei mir einen sehr positiven Eindruck hinterlassen, so daß ich mir eine Einstellung als Kameramann gut
vorstellen kann.

Frühester Einstellungstermin wäre der 01. Mai 1991, bzw.
der 01. Juni 91.

Anfangsgehalt wäre für Sie 6.000,00 DM Brutto, wobei nach
der Probezeit eine Erhöhung von 500,00 DM - 1.000,00 DM
möglich wäre.

Definitiv kann ich Ihnen das Angebot in einem Monat unterbreiten.

Mit freundlichen Grüßen

FSH - Fernsehen Schleswig-Holstein
TV- und Videoproduktions GmbH

ppa.

Amtsgericht Lübeck Nr.
Geschäftsführer: Dr. Bruno Hennig

Volksbank Lübeck eG
Konto Nr. 1 125 018 (BLZ 230 901 42)

Kopie des Originalschreibens

8

Bevor dies alles in Frage kam, musste ich allerdings noch ein weiteres Mal nach Freiburg reisen, um die noch ausstehende Weinlese zusammen mit zwei anderen Kollegen in filmische Bilder umzusetzen. Auch diesmal waren wir wieder in der gemütlichen Schwarzwaldgaststätte untergebracht und lieferten unserem zukünftigen Arbeitgeber die gewünschten Filmaufnahmen aus den Weinbergen zu seiner vollsten Zufriedenheit.

Als ich danach wieder in Berlin war bekam ich erneut einen Anruf von Dr. Bruno H. indem er mir ein neues Filmprojekt in Frankreich unterbreitete. Voraussetzung dafür war, dass ich mir selbständig einen Assistenten organisieren müsse. Bei einem letzten Besuch im Adlershofer DFF lief mir einer meiner ehemaligen Assistenten über den Weg, der gerade entlassen war. Ich brauchte ihn auch nicht lange zu überreden, denn er sagte sofort zu.

IV

19. Oktober 1991. Berlin hatte gerade den Tag der deutschen Einheit gefeiert. Erneut saß ich mit meinem alten neuen Assistenten Carsten im nächsten Zug nach Freiburg, um Ritter Bruno für alle Zeiten unsere Gefolgschaft zu versichern. Schon am nächsten Tag fuhren wir ausgerüstet mit einem VW VAN, Kameratechnik, Reportage Licht, einem Autoatlas von Frankreich und ein paar hundert DM in der Tasche mit viel Optimismus und Gottvertrauen von Freiburg bis ins französische Orleans. Der französischen Sprache nicht mächtig, mit schlechtem Urlaubsenglisch und einer noch schlechteren Ortskenntnis ausgestattet sollten wir beide von diesem Zielort aus, einen Videofilm über 6 Schlösser der Loire realisieren. Unsere Willenskraft war so groß wie unser Mut und so organisierten wir uns unsere erste Übernachtung unter den Dächern der Jungfrau von Orleans. Beim Abendessen besprachen wir unsere weitere Vorgehensweise. Ein Drehbuch oder irgendeine Art von Manuskript existierte nicht. Dafür gab es auf der Landkarte 6 eingezeichnete Kreuze, die jene Schlösser markierten, denen unsere filmische Aufmerksamkeit zu gelten hatte, schöne Landschaftsimpressionen inbegriffen. Allerdings gab es darüber hinaus noch eine weitere eingebaute Schwierigkeitsstufe. Von allen mit einem Kreuz versehenen Schlössern sollten zusätzlich auch noch Luftaufnahmen gemacht werden. Als einzigen Anhaltspunkt hatte uns Ritter Bruno einen Punkt auf der Karte eingekreist, wo es einen kleinen privaten Flugplatz geben sollte. Und genau diesen galt es erst einmal zu finden. Obwohl schon in der 2. Oktoberwoche, war uns der Wettergott noch einmal gnädig.

Die Schlösser Chenonceau – Blois – Chambord – Azay-le-Rideau – Cheverny - Amboise

Schon am frühen Morgen fuhren wir von Orleans nach Blois. Der Himmel über dem Schloss war blau und auf dem kräuselnden Wasser der Loire flimmerte weiches Sonnenlicht. Vom Ufer des Flusses aus machten wir gleich die ersten Filmaufnahmen von der gegenüberliegenden Seite des Schlosses und von der umliegenden Landschaft. Anschließend galt es erst einmal sich dem Chateaux mit der Kamera zu nähern, um die Außenarchitektur und danach auch noch den Innenhof mit seiner wunderbaren Renaissancetreppe optisch in Augenschein zu nehmen. Das Ablichten der Außenfassade war problemlos. Um aber zur Treppe im Hofinneren zu gelangen, mussten wir erst einmal an der Pforte des Schlosses vorstellig werden. Hier stellte sich uns auch schon das erste Problem in den Weg, die Sprache. Die einzigen Wortfetzen, die wir dem Pförtner anbieten konnten, waren „Monsieur le Direktor" und in schlechtem englisch schoben wir hinterher, dass wir auch noch den Direktor sprechen möchten. Nun ist allgemein bekannt, dass die meisten Franzosen behaupten kein Englisch zu können. Aber hartnäckiges Gestikulieren half letztlich den Direktor herbeizuholen, um ihm mit unseren bescheidenen Möglichkeiten unser Anliegen vorzutragen. Da wir aber nicht einmal über ein entsprechendes Budget für solche Anlässe verfügten, versprachen wir ihm später eine Videokopie des fertigen Films als Dank zu schicken. Er ließ sich darauf ein und erteilte uns freundlicherweise die Drehgenehmigung. Wenig später ging unsere Abenteuerreise wieder weiter nach Tours, denn in dieser Umgebung sollte auch der angekreuzte Flugplatz liegen. Wenn wir diesen ausfindig gemacht hatten, wollten wir uns in Tours eine Unterkunft besorgen und von dort aus das nächste Schloss Villandry aufsuchen. Am darauffolgenden Tag, es war ein Freitag, fanden wir am späten Nachmittag auch den kleinen Flugplatz in der Nähe von Tours. An einer Seite des eingezäunten Geländes stand ein kleines Häuschen, vermutlich Tower und Flugzentrale in Personalunion und genau darin wollten wir unser Glück versuchen.

In einem kleinen Büroraum standen wir vor einer freundlichen Dame und trugen ihr umständlich unser Anliegen vor. Zu unserer großen Überraschung stellte sich heraus, dass die Dame etwas deutsch sprach und somit war unsere Konversation gerettet.

Madame Hilbrink erzählte uns, dass der Pilot des Helikopters Monsieur L. gerade in der Luft sei, weil er einen Rundflug mit der Tochter des Ministers mache, die gerade geheiratet hätte. Wir sollten auf seine Rückkehr warten und könnten dann mit ihm alle Details besprechen. Von Madame erfuhren wir auch, dass sich sowohl der Flugplatz als auch der Heli in privater Hand befand. Nun galt es mit dem Piloten nur noch Zeit und Preis auszuhandeln und wir wären mit dem Ergebnis zufrieden. Alles verlief nach Plan. Wir verabredeten uns mit Monsieur L. gleich für den kommenden Sonntag um 10:00 Uhr direkt bei ihm zu Hause, um das große Wagnis Luftbildaufnahmen umgehend in Angriff zu nehmen.

Sonntag punkt 10:00 Uhr klingelten wir an der Tür einer kleinen Villa mit Garten in der unser Pilot wohnte. Während wir beim Kaffee noch die technischen Einzelheiten besprachen drängte Monsieur L. schon zum Aufbruch, weil er Sorge hatte, dass bereits zwei Stunden später eine Schlechtwetterwand heraufziehen könnte. Genau diese zwei Stunden hatten wir gebucht und so wollte auch ich schnell zum Flugplatz, um vorher noch alles in den Kasten zu bekommen. Sehr erstaunt war ich allerdings als Monsieur L. nicht nach draußen zu unserem Auto drängte, sondern mit uns und unserer Technik einfach den Hinterausgang zum Garten nahm. Noch größer war meine Verwunderung als auf der Rasenfläche des Gartens der Helikopter bereits auf uns wartete. Mit Gurt abgesichert und an der offenen Tür des Heli sitzend schraubte sich unser Luftbildakrobat in den blauen französischen Himmel, um das erste der fünf Schlösser aus der Luft in Angriff zu nehmen. Wie eine Spielzeuglandschaft schob sich kerzengerade das direkt über dem Wasser gebaute Schloss Azay-le-Rideau langsam unter mein Kameraauge. Nur die Reflexe auf dem Wasser der Loire verrieten, dass das Schloss kein Modell, sondern Realität war. Die Frage des Piloten nach einer Wiederholung dieser Aufnahme konnte ich überzeugend verneinen, so gut war sein perfekt fotografischer Flug. Allerdings war ich verwundert als er doch einen zweiten Anflug unternahm, sich aber genau über dem Schloss kreisförmig in die Höhe schraubte. Jetzt war ich total verblüfft, das Schloss drehte sich wie ein Karussell auf einer Spielzeugplatte. Beeindruckt und von den Flugkünsten des Piloten überaus fasziniert ging es umgehend weiter zum nächsten Schloss Villandry. Auch hier lief alles genauso präzise wie beim ersten Schloss ab. Danach folgten das Wasserschloss Chenonceaux, Blois, das königliche Chambord und zum krönenden Abschluss das ebenso königliche Schloss Amboise.

Dank der hohen Flugkunst des Piloten waren es sehr beindruckende Bilder geworden. Bereits nach ein und einer halben Stunde landeten wir wieder im Garten des Monsieur L. und hatten sogar noch eine halbe Stunde eingespart. Wir bedankten uns für diesen überwältigenden Flug, verabschiedeten uns und ließen unseren gelungenen Drehtag bei einem guten Essen und einem trockenen Rotwein im herbstlichen Tours ausklingen.

Am nächsten Tag zogen wir mit unserem Kleinbus weiter entlang der Loire, um die verbleibenden fünf Schlösser zu ebener Erde für die Kamera einzufangen. An jeder Schlosspforte versprachen wir dem Monsieur le Direktor als Dank für die kostenlos erteilte Drehgenehmigung eine Kopie des Videofilms.

Im Nachhinein sei angemerkt, dass keiner der Schlossdirektoren jemals in den Besitz dieses Films gekommen ist, weil es einen solchen nie gegeben hat. Warum, das erfahren wir aber erst in den Folgeabläufen.

V

Wieder zu Hause in Berlin dümpelte die Wartezeit von Oktober 1991 bis Mai 1992 träge vor sich hin. Meine ursprünglich für Mai/Juni 1991 geplante Einstellung ließ nach wie vor auf sich warten. Stattdessen kam irgendwann ein Anruf von Bruno H. aus der Ritterburg in Kirchzarten. Ritterliche Freunde hätten mit ihm zusammengesessen und eine völlig neue, weitaus edlere Strategie der Osterweiterung entwickelt. Deshalb sei er jetzt fest entschlossen alle geplanten Vorhaben im Freiburger Raum aufzugeben und wollte mit einem neuen Unternehmenskonzept seine Zelte in Berlin aufschlagen. Allerdings ginge das nur mit meiner tatkräftigen Unterstützung. Er hatte vor drei gemeinnützige vom Arbeitsamt geförderte GmbH zu gründen. Auf meine Frage, warum denn gleich drei und nicht erst einmal eine GmbH, argumentierte er mit der größeren Fördersumme und mit mehr Arbeitsplätzen. Zunächst klang das für mich einleuchtend, aber wie sollte dieser Plan in die Tat umgesetzt werden? Ritter Bruno ging davon aus, dass ich durch meine langjährige Tätigkeit beim DFF genügend Leute kennen würde, die ja inzwischen alle entlassen und auf Arbeitssuche wären. Aus diesen reichlich vorhandenen Kollegen sollte ich nun eine Belegschaft für alle drei Unternehmen zusammenstellen. Dazu war es notwendig Räumlichkeiten zu organisieren und Einstellungsgespräche mit Kollegen vorzunehmen. Da Eile geboten war musste zunächst der Gewerberaum meines befreundeten Kollegen Detlef W. in der Kollwitzstraße 100 als erster Büroraum herhalten. Es war naheliegend, dass dieser befreundete Kollege als auch mein alter Assistent Carsten zu den ersten Einstellungen gehörte. Da ich vorab schon einmal die Leitung der Kultur TV übernehmen musste, wurde Detlef W. von mir auch gleich zum Projektleiter der Umwelt TV ernannt. Nun war ich angehalten weiter möglichst viele aus dem DFF entlassenen Kollegen aufzutreiben, um mit ihnen in diesem provisorischen Büro Einstellungsgespräche vorzunehmen. Von meinem Chef Bruno H. waren für alle drei GmbH Verträge auf dem Finanzamt in der Normannenstraße hinterlegt worden. Es sollte eine Kultur TV, eine Industrie TV und eine Umwelt TV installiert werden, für die parallel dazu Bewilligungsanträge für ABM-Maßnahmen beim Arbeitsamt Prenzlauer Berg eingereicht wurden. Um diesen Bewilligungsprozess voranzutreiben wurde Dr. Bruno H. höchst persönlich am 15.07.1991 auf dem Landesarbeitsamt in Kreuzberg vorstellig und drohte mit juristischen Schritten und einem verwandten Regierungschef in Schleswig-Holstein.

Die Kollwitzstraße 100 war während dieser Zeit vorläufiger Sitz aller drei Unternehmen. Priorität bezüglich der Einstellung von Mitarbeitern hatte vorerst aber die Kultur TV und so versuchte ich weitere Kollegen für dieses Vorhaben zu gewinnen, obwohl noch keines der drei Unternehmen vom Arbeitsamt bewilligt war. Aber auch nach dem Auftritt von Ritter Bruno im Landesarbeitsamt bewegte sich nicht viel. Die Bewilligung der Maßnahmen verzögerte sich auch in der Folgezeit. Dessen ungeachtet organisierte ich unentwegt weiter Mitarbeiter für die künftige Kultur TV. Am 01.08. 1991 hatte ich bereits sieben Kollegen zusammen und es erfolgte eine erste Zusammenkunft meiner Mitarbeiter mit Bruno H. im Filmhaus Berlin Mitte in der Rosenthaler Straße 39. Obwohl es auch zu diesem Zeitpunkt immer noch keine Bewilligung vom Arbeitsamt gab bemühte ich mich weiter um entlassene Kollegen aus dem ehemaligen DFF um auch für die Industrie und Umwelt TV Mitarbeiter zu gewinnen. In dieser Zeit traf ich mich sporadisch mit Bruno H. der sich mittlerweile in Abständen im Grande Hotel Berlin aufhielt. Wovon er seine teuren Quartiere bezahlte war mir bis dato unbekannt, denn sowohl meine angeheuerten Kollegen als auch ich bekamen zu diesem Zeitpunkt ausnahmslos Arbeitslosengeld vom Arbeitsamt. Da sich auch in den nächsten Wochen an dieser Konstellation nichts änderte, kam Anfang Oktober der schon bekannte Anruf aus Kirchzarten mit dem Auftrag an die Loire zu fahren, dem ich schon etwas vorausgegriffen habe.

Aus unterschiedlichen Gründen verzögerte sich die Bewilligung der ABM-Maßnahmen auch noch über den November hinaus. Erst am 20.12. 1991 kam der Bescheid über die Bewilligung aller drei TV GmbH per 01.01.1992. Für uns das Startsignal zum Organisieren eines zweiten Gewerberaumes. Ein befreundeter Grafiker und zukünftiger Mitarbeiter stellte uns seinen Gewerberaum zum 13.01.1992 als Büroraum zur Verfügung. Ritter Bruno ernennt mich zum Abteilungsleiter der Kultur TV und meinen Kollegen Detlef W. zum Abteilungsleiter der Umwelt TV. Vom 20.01. bis zum 24.01.1992 renovieren drei von mir ernannte Kollegen, zu denen auch mein Assistent Carsten gehörte, erst einmal unsere neuen Räumlichkeiten in der Winsstraße.

Es war naheliegend, dass mit dieser vorläufigen Genehmigung der Bewilligungsmaßnahmen und dem Einstellen von künftigen Mitarbeitern auch automatisch der Prozess von Forderungen der Sozialversicherungen und der Krankenkassen ausgelöst wurde. Deshalb flatterte fortan auch eine große Anzahl von Briefen dieser Behörden mit den entsprechenden Forderungen in unser Büro in der Winsstraße. Da Ritter Bruno aber alle anstehenden Probleme telefonisch von seiner Freiburger Burg aus löste, war ich ständig mit klärenden Telefonaten beschäftigt. Auf meine permanenten Fragen, was ich denn mit der stetig anwachsenden Post machen sollte, bekam ich stets die gleiche Antwort, in den Papierkorb!

Aus verschiedenen Gründen schienen unserem edlen Ritter die Räumlichkeiten in der Winsstraße aber zu klein zu werden, denn er drängte zum Expandieren. Mit dieser zusätzlichen Vorgabe brachte ich einen neuen ehemaligen Kollegen ins Spiel, der noch bis zur letzten Sendeminute im alten DFF gearbeitet hatte, Karl F. Er wurde postum zum Abteilungsleiter der Industrie TV ernannt und bemühte sich fortan um neue größere Räumlichkeiten im ehemaligen Fernsehbetrieb. Es dauerte auch nicht lange und wir besichtigten zusammen mit Bruno H. bereits am 28.01.1992 die für uns in Frage kommenden Räumlichkeiten einschließlich Mobiliar auf dem Gelände des Deutschen Fernsehfunks. Mein neu ernannter Abteilungsleiter der

Industrie TV bekam nun von unserem edlen Ritter den Auftrag alles in die Wege zu leiten, um aus den vorhandenen Räumen ein modernes Großraumbüro entstehen zu lassen.

Obwohl ich nach wie vor noch nicht mein versprochenes Gehalt, sondern Arbeitslosengeld bekam, war ich Kraft meines Amtes von Ritter Bruno befugt alle in der Winsstraße eingehende Post zu öffnen und ihm den Inhalt telefonisch mitzuteilen. Zusammen mit meinem Kollegen Detlef W. organisierten wir auch weiterhin zukünftige Mitarbeiter und sogar schon erste Arbeitsaufträge für unsere beiden TV Unternehmen zunächst ausschließlich in der Winsstraße. Dort stapelte sich täglich mehr und mehr unerledigte Post. Es warteten verbindliche Abschlüsse von Arbeitsverträgen und auch so manch anstehende Probleme mussten dringend gelöst werden.
Deshalb verabredete ich zusammen mit meinem Kollegen Detlef W. einen Gesprächstermin für den 30.01.1992, der allerdings von Ritter Bruno einfach ignoriert und nicht wahrgenommen wurde, weil er sich nur selten in Berlin aufhielt. Trotz mehrerer Kontaktversuche meinerseits hält diese lange Sendepause auch weiterhin noch bis zum 02.02.1992 an.

Innerhalb dieses Zeitraumes flatterte jegliche Art von Geschäftspost, an die Kultur TV adressiert, zu mir in die Winsstraße und wartete darauf, von mir geöffnet und gelesen zu werden. So geschieht es auch eines schönen Tages, dass zwei Briefe auf meinem Schreibtisch landeten, die ich eigentlich wohl gar nicht erst hätte öffnen und lesen sollen. Schon der Absender des ersten Briefkopfes erzeugte bei mir Stirnrunzeln. Wieso landete der Brief einer privaten Lübecker Bank an Dr. Bruno H. gerichtet auf dem Schreibtisch der Kultur TV in Berlin? Der Inhalt des Schreibens erklärte schnell den Grund. Der Brief enthielt mehrere Mitteilungen über nicht eingelöste Schecks. Den zweiten Brief habe ich dann in weiser Voraussicht gar nicht erst geöffnet. Ich hatte die Vorahnung, dass darin vielleicht irgendwelche GmbH Konten, noch nicht vom Arbeitsamt bewilligt, mit Ausgaben belastet worden waren. Meine Vermutung lag also nahe, dass darin bereits im Vorfeld Betriebsausgaben aufgelistet waren die Ritter Bruno unter der Rubrik Reisekosten sowie Hotelkosten in Berlin und ähnliche Aufwendungen den drei gemeinnützigen GmbH, oder auch nur der Kultur TV angelastet hatte. Auf diese Weise musste bereits ein nicht unbeachtlicher vierstelliger DM Betrag zusammengekommen sein, den die Bank nun irgendwie wiederhaben wollte. Also hatte ich keine Wahl und musste Ritter Bruno von diesem Schreiben telefonisch in Kenntnis setzen.

Die längere Pause am anderen Ende der Leitung machte mich nachdenklich und ich hatte das merkwürdige Gefühl in einem Wespennest herumgestochert zu haben. Erst nach einiger Zeit und meiner Nachfrage, was ich denn nun tun solle, einigten wir uns auf einen persönlichen Treff in Berlin.

Diese Zusammenkunft kam dann am 02.02.1992 gegen 20:00 Uhr in dem Berliner Café Margaretha zustande. Die Atmosphäre war frostig. Dr. H. äußerte sein Unbehagen darüber, dass ich, obwohl befugt, an die Kultur TV adressierte Post geöffnet hätte. Unter dem fadenscheinigen Vorwand seinen Erwartungen als Abteilungsleiter nicht entsprochen zu haben versuchte er offensichtlich den von mir zwangsläufig zur Kenntnis genommenen Briefinhalt zu kaschieren. Erst sehr langsam wurde mir klar, dass ich ungewollt in seine Karten geschaut und damit ein hinderliches Problem an Land gezogen hatte. Klar war mir in diesem Moment auch, dass mein vermeintliches Vertrauensverhältnis zu Dr. Bruno H. damit einen erheblichen Riss bekommen hatte. Trotzdem beauftragte er mich auch zukünftig bis zu Fertigstellung des Großraumbüros in Adlershof allen geschäftlichen Aufgaben im Büro in der Winstraße nachzugehen. Mit der Schlussbemerkung alle weiteren Belange auch weiterhin mit ihm telefonisch zu besprechen trennten sich unsere Wege.

Von diesem Tag an begann eine Periode merkwürdiger Ereignisse, die sich mir immer erst im Nachhinein erklärten. Trotz mehrfach versuchter Kontaktaufnahme kommt es von diesem Zeitpunkt an zu keiner weiteren Verständigung. Von allen weiteren Informationen und Aktivitäten in den GmbHs wurde ich von nun an ferngehalten. Die einzige Information, die ich an diesem denkwürdigen Abend noch von Ritter Bruno erhalte, dass bereits am kommenden Tag (03.02.1992) eine erste Zusammenkunft aller bis dahin benannten Mitarbeiter der Kultur TV stattfindet. Schon bei dieser ersten Zusammenkunft ist auffällig, dass ich von Dr. H.

weder in meiner Funktion noch als Person vorgestellt werde. In selbstdarstellerischer Form trägt Ritter Bruno sein mehr oder weniger fragwürdiges Unternehmenskonzept vor. Als wir an diesem Abend wieder auseinandergehen, merke ich, wie meine Hoffnung auf einen Neuanfang erste große Zweifel bekommt.

Auch in der Folgezeit werde ich von keinerlei Aktivitäten des Unternehmens in Kenntnis gesetzt, auch nicht über eine kurzfristig von Ritter Bruno einberufene Pressekonferenz. Und auf ebendieser PK erklärt Dr. Bruno H. vor den anwesenden Kollegen und Vertretern der Presse, dass die hier anwesenden Mitarbeiter seine engsten und vertrautesten sind.

Alle weiteren Versuche meinerseits zu einem klärenden Gespräch mit Bruno H. zu kommen scheitern permanent. Erst am 13.02.1992 gelingt mir zufällig wieder ein erster telefonischer Kontakt mit sinngemäßem Inhalt. Meinem Vorwurf, warum er mir permanent aus dem Wege gehe und mich über keinerlei Firmenaktivitäten in Kenntnis setzt, wie auch die gerade stattgefundene Pressekonferenz begründet er mit folgenden Argumenten:
Irgendjemand würde auf dem Arbeitsamt gegen ihn intrigieren. Die sogenannten Maßnahmen (Bewilligungsmaßnahmen der drei ABM Projekte) sind vorerst bis zum 13.02.1992 gestoppt. Auf meiner Planstelle würde, vom Arbeitsamt so bestimmt ein gewisser Herr H. (ehemaliger Kollege aus dem DFF) sitzen. Und überhaupt seien einige Planstellen doppelt besetzt. Besagter Kollege H. sei im

Auftrag des Herrn Detlef W. (von mir als Projektleiter der Umwelt TV eingesetzter befreundeter Kollege) zum Arbeitsamt geschickt worden. Dies geschah aber in der Absicht den Kollegen H. für unser
Projekt zu gewinnen, nicht aber um meine Planstelle einzunehmen. Also auch frei erfunden. Er, Dr.
Bruno H. müsse erst wieder auf dem Arbeitsamt
Klarheit schaffen, sonst würde er alles hinschmei-
ßen! Dabei erwähnte er noch beiläufig, dass er ges-
tern Besuch von der CDU gehabt hätte. Damit war
sein angeblicher Onkel, Ministerpräsident in
Schleswig-Holstein, gemeint. Wie sich auch erst
viel später herausstellte, eine seiner zahlreichen
Erfindungen die er in dieser Zeit besonders gern
bei den Behörden als Druckmittel eingesetzt hat.

Um das sogenannte Planstellen Durcheinander ein
wenig aufzuklären begab ich mich umgehend am
19.02.1992 auf das Berliner Arbeitsamt VII Stor-
kower Straße 118 und meldete mich bei der zuständigen Vermittlerin Frau R. zu einem Gespräch an.
Konkret hatte ich drei Fragen an die Arbeitsvermittlerin. Sind die Maßnahmen vorübergehend gestoppt und sitzt auf meiner Planstelle ein gewisser
Herr H. und darüber hinaus, wie verhält es sich mit
den Arbeitsverträgen? Da der Abschluss von Arbeitsverträgen bereits ein drittes Mal verschoben
wurde, lag auch die Frage nahe ob es vom Arbeitgeber bestätigte Rückmeldungen hinsichtlich der
Anstellung von Kollegen gab? Und abschließend
die entscheidende Frage, befindet sich darunter
mein Arbeitsvertrag und die anderen Verträge von
Kollegen der Kultur TV?

Die Antwort, die ich von der Arbeitsvermittlerin Frau R. jetzt übermittelt bekam, erschütterten auch den letzten Rest meiner Loyalität zu Ritter Bruno. Von Seiten des Arbeitsamtes waren die Maßnahmen nie gestoppt worden. Für meine Planstelle wurde ein zweiter Kollege, Herr H. zusätzlich vermittelt. Dies sei aber lediglich eine Empfehlung des Arbeitsamtes. Wer und zu welchen Konditionen die ausgeschriebene Planstelle bekommt entscheidet einzig und allein der Arbeitgeber. Ein kleiner Teil von bestätigten Rückmeldungen sei bereits auf dem Arbeitsamt eingegangen, darunter befinden sich auch Kollegen der Kultur TV. Eine Rückmeldung meine Person betreffend befindet sich aber nicht darunter. Mich als Person und als Projektleiter der Kultur TV gab es also bereits nicht mehr. Ritter Bruno hatte mich klammheimlich unterschlagen, wollte ganz geschickt alle meine Spuren auf undurchsichtige Weise auslöschen.

Ganz so einfach wollte ich es ihm aber nicht machen. Alles was ich mühsam aufgebaut hatte, wollte ich nicht mit einem Federstrich von Ritter Bruno für nicht existent erklären lassen. Demzufolge reagierte ich noch am gleichen Tag um 16:55 Uhr mit einem Telefax an Dr. Bruno H. derzeit befindlich in 7815 Kirchzarten. Textzitat:

Sehr geehrter Herr Dr. H.,

bei unserem letzten telefonischen Gespräch am 13.02.1992 teilten Sie mir mit, dass die Maßnahme vorübergehend gestoppt sei. Empört darüber habe ich heute das Arbeitsamt aufgesucht. Dort wurde mir mitgeteilt, dass zu keiner Zeit die Maßnahme gestoppt worden sei. Ebenso erfuhr ich, dass bereits ein Teil der grünen Vertragsunterlagen, von Ihnen bestätigt, dem Arbeitsamt vorliegt. Der meinige aber ist nicht darunter. Mir wurde auch bestätigt, dass für meine Planstelle eine zweite Empfehlung des Arbeitsamtes auf den Namen H. vorliegt. Ich wurde darauf hingewiesen, dass die alleinige Entscheidung über die Besetzung und über die Konditionen der Planstelle der Geschäftsführer trifft. Daraus ergibt sich für mich die Frage, sind Sie noch an meiner weiteren Mitarbeit interessiert? Ich bitte Sie demzufolge definitiv bis Freitag dem 21.02.1992 um telegrafische Rückantwort.

Freundliche Grüße

Da mir auch nach diesem Bittschreiben keine Botschaft von der ritterlichen Burg in Kirchzarten überbracht wurde, machte ich mich erneut auf den Weg zum Arbeitsamt und wurde dort am 21.02.1992 gegen 11:30Uhr bei Frau R. vorstellig. Was nun geschah, versetzte mich schon mal in Erstaunen. Bevor ich überhaupt zu meinem Anliegen kommen konnte bat Frau R. ihren vorgesetzten Vermittlungskollegen unserem Gespräch beizuwohnen. Vor beiden erörterte ich noch einmal die Problematik unseres vorangegangenen Gespräches vom 19.02.1992. Die wesentlichen Punkte meiner Ausführungen werden von dem beisitzenden Herrn notiert. Unmittelbar danach führt dieser in meiner Anwesenheit ein Telefonat nach Adlershof (ehem. DFF) um mit Dr. Bruno H. zu reden, der aber wie so oft nicht anwesend ist. Das Gespräch nimmt seine Sekretärin entgegen. Sie wird beauftragt Dr. H. Folgendes auszurichten:

Er selbst oder eine von ihm legitimierte Person habe am Montag den 24.02.1992 um 10:00 Uhr auf dem Arbeitsamt VII vorstellig zu werden. Zu diesem Termin habe er die fälligen Rückbestätigungen als auch die abgeschlossenen Arbeitsverträge mitzubringen. Und darüber hinaus, wer zu welchen Konditionen dort eingestellt wird. Anschließend vereinbart Frau R. mit mir, dass ich sie am 24.02.1992 gegen 12:00 Uhr zurückrufe, um eine Klärung herbeizuführen.

Wie vereinbart melde ich mich am 24.02.1992 um 12:30 Uhr telefonisch bei Frau R. auf dem Arbeitsamt VII und bekomme folgende Auskunft:

Dr. Bruno H., welcher sich derzeitig wieder nicht in Berlin aufhält, beauftragt stellvertretend Frau He. (die von Ritter Bruno auserwählte Bevollmächtigte für Öffentlichkeitsarbeit) den Termin auf dem Arbeitsamt wahrzunehmen. Aber auch von ihr werden keine neuen Rückmeldungen bzw. Arbeitsverträge abgegeben, auch nicht meine Person betreffend. Die Erledigung dieser Angelegenheiten wird nun auf einen unbestimmten Zeitpunkt verschoben.

Wieder einmal sehe ich ein großes Stück meiner mit viel Einsatz und Energie aufgebauten Zukunftspläne und meinen Glauben an die gute Absicht eines edlen Ritters langsam zerbröseln. Trotzdem lasse ich den Mut nicht sinken und mache noch einmal einen letzten Versuch Ritter Bruno an den Hörer zu bekommen.

VI

Exakt am 26.02.1992 um 08:30 Uhr gelingt es mir Ritter Bruno in seinem Großraumbüro in Berlin Adlershof an das Telefon zu bekommen. Hier die sinngemäße Wiedergabe des Telefonates:

Ich: Da Sie auf mein Fax nicht reagiert haben, möchte ich definitiv wissen, wann und zu welchen Konditionen bekomme ich meinen Arbeitsvertrag?

Dr. H.: Was für Konditionen?

Ich: Die Gehaltsgruppe B9, wie mit Ihnen vereinbart.

Dr. H.: Ja, aber mit der B9 wird es ja wohl nun Nichts werden.

Ich: Sie haben mir diese aber zugesichert.

Dr. H.: Dies war aber nur für eine Leiterfunktion gedacht.

Ich: Ob Leiter, oder nicht, die B9 beinhaltet lediglich meine Tätigkeit als „Kameramann mit besonderen Aufgaben" (Tarifvertrag IG Medien)

Dr. H.: Sie haben aber meinen Erwartungen als Leiter nicht entsprochen, wie beispielsweise der Kollege F. (Projektleiter der Industrie TV) der immer jeden Tag hier ist und sich nützlich macht.

Ich: Auf welche Art sich Kollege F. nützlich macht oder nicht interessiert mich nicht, dies ist seine Sache. Mich interessiert nur wie ich nach nunmehr fast einem vergeudeten Jahr endlich zu meinem Arbeitsvertrag komme. Ich hätte mich sonst wohl schon lange um andere Arbeit bemüht. Dies möchte ich definitiv geklärt haben

.

Dr. H.: Ja, das können wir nicht am Telefon besprechen da müssen Sie schon herkommen.

Ich: Selbstverständlich, darauf warte ich ja schon lange.

Wir verabredeten uns für den nächsten Tag 27.02.1992 um 16:00 Uhr in seinem Großraumbüro in den heiligen Hallen des ehemaligen DFF in Adlershof. Ihm endlich gegenübersitzend kam ich auch gleich zur Sache. Hier die sinngemäße Wiedergabe des persönlichen Gesprächs:

Ich: Was ist nun konkret mit meinem Arbeitsvertrag zu den vereinbarten Konditionen, also die B9?

Dr. H.: Ja also die B9 kann ich Ihnen nicht geben... und wahrscheinlich werden die Maßnahmen hier auch gestoppt.

Ich: Und warum können Sie mir nicht wie vereinbart die B9 geben?
Dr. H.: Sie haben eben meinen Erwartungen als Leiter nicht entsprochen.

Ich: Welchen Erwartungen?

Dr. H.: Ja, Sie hätten so wie die anderen immer mal hier sein können, nur mal den Kopf reinstecken.

Ich: Wieso hier sein können, ich habe ständig versucht mit Ihnen in Kontakt zu treten, aber Sie sind mir immer aus dem Weg gegangen. Sie wollten ja gar nicht, dass ich hier bin. Oder sollte ich vielleicht zum Malern und Saubermachen hier sein?

Dr. H.: Ja, wie zum Beispiel der Kollege F. der ist immer anwesend (Karl F. betreute zu dieser Zeit die neu erworbene Kameratechnik und Ähnliches) und macht sich hier nützlich er tut einfach etwas.

Ich: Dazu habe ich keine Veranlassung, ich habe genügend im Vorfeld getan habe Leute und Räumlichkeiten besorgt... Sie scheinen zu vergessen, dass Sie ohne mich nicht auf diesem Stuhl sitzen würden.

Dr. H.: Was haben Sie schon getan, das Meiste hat Frau H. (Ritter Brunos Sekretärin für Öffentlichkeitsarbeit) getan.
Ich: Naja, es hat wohl keinen Sinn weiter darüber zu reden, was haben Sie mir also noch zu bieten?

Dr. H.: Ja Sie könnten einfach als Kameramann arbeiten... (Anmerkung: Mir war bekannt, dass zu jenem Zeitpunkt bereits einige Kameraleute ohne Beschäftigung und teilweise ohne Bezahlung in den Räumen der TV Gesellschaft herumsaßen).

Ich: Na danke, das war's dann wohl! Was schreiben Sie nun auf den grünen Schein? (Rückmeldung zum Arbeitsamt)

Dr. H.: Dass die Planstelle bereits vergeben ist.

Gern hätte ich in diesem Moment seinen Schreibtisch umgekippt, aber irgendetwas hat mich zurückgehalten. Vielleicht würde es in der Zukunft noch so etwas wie Gerechtigkeit geben. Vorerst aber begann für mich wieder ein langer Weg der Klärung und der Klagen.

Zunächst begab ich mich zusammen mit meinem Kollegen Detlef W., Projektleiter der Umwelt TV, ein letztes Mal auf das Arbeitsamt, um der zuständigen Behörde unser beider Ausscheiden aus dem Projekt mitzuteilen. Auf dem Arbeitsamt empfing man uns ungewöhnlich zuvorkommend und dankbar, was uns beide eher unwirklich vorkam. Wir wurden umgehend zum Chef des Arbeitsamtes VII einbestellt, der wie sich später rausstellte, schon seit geraumer Zeit Rückmeldungen betroffener Kollegen aus diesem Projekt erwartet hatte. Mit betroffenen Kollegen meinte er das Durcheinander fehlender Arbeitsverträge, fehlender Gehaltsauszahlungen und nicht zuletzt das verwirrende Geflecht von Planstellen, für die es keine Beschäftigung gab. Es war dem Chef des Arbeitsamtes anzumerken, dass der Auftritt von zwei Projektleitern bei ihm geradezu eine Erlösung einleitete. Er machte auch keinen Hehl daraus, dass er schon lange auf aussagekräftige Mitarbeiter dieses Unternehmens gewartet hatte, um endlich einem Mann das Handwerk zu legen, der die Behörden schon seit Längerem an der Nase herumgeführt hatte. Ängstliches Bangen um die Erhaltung ihres neuen Arbeitsplatzes hatte offensichtlich die meisten Kollegen davon abgehalten, irgend etwas in diese Richtung hin zu unternehmen.

Nachdem wir dem Chef des Arbeitsamtes alle Details unserer Projektgeschichte ausführlich geschildert hatten, sagte er uns beiden seine uneingeschränkte Unterstützung zu und versicherte uns, alles in die Wege zu leiten, um Ritter Bruno ein für alle Mal in die Schranken zu weisen.

Von dieser Stunde an unternahm das Arbeitsamt alle notwendigen Schritte, um den Sachverhalt zu prüfen und um die Mitarbeiter der drei GmbH gegebenenfalls einem anderen Träger überstellen zu können.

VII

Die Ereignisse der letzten Zeit hatten eine größere Welle ausgelöst, welche langsam auch die öffentliche Wahrnehmung erreicht hatte. Für einige Printmedien war sie der Startschuss sich in Artikeln und Schlagzeilen mit dieser unglaublichen Geschichte und somit auch mit uns zu beschäftigen. Eine gute Gelegenheit für mich und meine befreundeten Kollegen schon einmal etwas Dampf abzulassen. Um aber zu einem kleinen Ansatz von Rehabilitation und einem Hauch von Gerechtigkeit zu gelangen, lag vor mir erst einmal der beschwerliche Weg zum Arbeitsgericht. Schließlich standen für mich noch drei Gehälter von jeweils 6000,00 DM aus, die ich zusammen mit einem Anwalt einklagen wollte. Erst im August 1992 fand ich dann endlich einen Anwalt im Berliner Wedding, der bereit war, sich meiner Geschichte anzunehmen und der einen Antrag auf dinglichen Arrest an das Arbeitsgericht Berlin stellte. Nach umfangreicher Kenntnisnahme dieser unglaublichen Geschehnisse hatte mein Anwalt auch gleich eine treffliche Bezeichnung für den Helden meiner Story gefunden. **Glücksritter der Einheit**.

Arbeitsgericht Berlin
Lützowstr. 106

1000 Berlin 30

H████ ./. Kultur

27.08.1992

A n t r a g   auf dinglichen Arrest

des Kameramannes H███████████████
██████████████ Berlin,

Antragsteller,

Verfahrensbevollmächtigter: Rechtsanwalt
████████████████, ████████████
10████████████

g e g e n

den Kaufmann Dr. Bruno H██████ Winsstr. 7, 0-1055 Berlin,
bzw. in Fa. Umwelt TV, Rudower Chaussee
3, 0-1199 Berlin,

Antragsgegner,

Aktenzeichen der Hauptsache:
48 Ca 8230/92

Wegen Arrestes

Namens   und   in   Vollmacht   des
Antragstellers beantrage ich,

wegen der Dringlichkeit ausschließlich ohne mündliche Verhandlung -

den Erlaß des folgenden

Antrag des Arbeitsgerichtes Berlin auf dinglichen Arrest vom 27.08.1992. Vollständiger Antrag im Anhang Nr. I B+C

35

Wie nicht anders zu erwarten war, hatte Ritter Bruno sich ebenfalls einen Anwalt genommen und Kraft seiner finanziellen Potenz alles aufgewandt, um die von meinem Anwalt aufgelisteten und dokumentierten Wahrheiten mit einer Klageabweisung einfach wieder abzuschmettern. In diesem 7 seitigen Antrag auf Klageabweisung wird die Klage des Arbeitsgerichtes als unbegründet abgewiesen und mein klägerisches Vorbringen grundsätzlich bestritten. Wie in der nachfolgenden Abbildung Seite 40 unter Punkt 1. zu ersehen wurde zwischen mir und den Beklagten (Dr. Bruno H. + Kultur TV) angeblich niemals ein Arbeitsverhältnis begründet und somit hätte ich auch keine Zahlungsansprüche. In den nachfolgenden Absätzen der Klageabweisung werden beispielsweise Teilwahrheiten wie Arbeitsvermittlung und Maßnahmen des Arbeitsamtes aufgelistet und mit Zeugen bewiesen. Dazu gehören auch Treffen, Terminverabredungen sowie Veranstaltungen mit Mitarbeitern der drei TV Projekte. Dies alles aber sind Begründungen und Zeugnisse, die für meine Klageschrift einfach nicht relevant sind. Bedeutender aber wird es besonders in den Punkten, in denen Begründungen formuliert werden, die schlicht und einfach nicht der Wahrheit entsprechen, in denen Tatsachen einfach ignoriert werden, die in der Realität ganz anders abgelaufen sind. Wie trickreich tatsächliche Abläufe in diesem Schreiben einfach geleugnet werden, kann man in den Ausschnitten der Klageabweisung im Anhang (Nr. II A - D) sehen. In diesen Behauptungen wird mit Hilfe von frei erfundenen Zeugen all das geleugnet was ich über einen längeren Zeitraum hinaus an Bemühungen aufgewendet habe. Dass ich ausschließlich im Auftrag (wenn auch nur mündlich) von Dr. Bruno H. gehandelt habe ist zweifelsfrei bewiesen. Ebenso bewiesen ist auch, dass ich in dem Büro in der Winsstraße 7 in Übereinkunft und im Auftrag von Ritter Bruno ehemalige Mitarbeiter des DFF für die Kultur TV angeworben habe. Wie ist es sonst zu erklären, dass der gesamte Schriftverkehr an die Kultur TV (Mahnungen der Krankenkassen und Sozialversicherungen inkl. Schreiben der privaten Lübecker Bank an Dr. Bruno H.) in dem Büro in der Winsstraße gelandet ist? Wie einfach es ist, sogar meine Ernennung zum Abteilungsleiter der Kultur TV als Farce darzustellen, kann man schon im ersten Punkt der Klageabweisung (Seite40) sehen. Genauso leicht lassen sich auch alle Zusagen bezüglich eines Einstellungstermins und des Gehaltes einfach als nicht geschehen widerlegen wie man unter dem gleichen Punkt 1 nachlesen kann. Besonders auffällig in den weiteren Punkten der Klageabweisung ist, dass in vielen Abschnitten neben der Vertreterin des Arbeitsamtes (Frau R.) vorwiegend als Zeugin Frau Christine H. benannt wird. Besagte Kollegin H. ist zu meiner ersten Vorstellung bei Dr. Bruno H. in Freiburg Breisgau im Oktober 1991 mit mir gemeinsam als Bewerberin angereist. Zum Filmvorhaben Schlösser der Loire wollte mir Ritter Bruno Frau Christine H. als Kameraassistentin zur Seite stellen. Ich wusste aber, dass diese Dame berufsfremd war und somit keinerlei Kenntnisse von dieser Tätigkeit hatte. An ihrer Stelle habe ich das Vorhaben dann mit meinem langjährigen Kollegen Carsten F. realisiert. Erst zu einem späteren Zeitpunkt hat Dr. Bruno H. Frau Christine H. dann zu seiner

37

Sekretärin gemacht. Aus diesem Abhängigkeits-
verhältnis heraus hat sie dann auch im späteren
Großraumbüro auf dem Gelände des ehemaligen
DFF getreu alle Wünsche und Befehle Ritter
Brunos befolgt. Wie weit die Anmaßung der Frau
H. ging, ist darüber hinaus sehr gut in den Seiten
des Anhanges Nr. II A-D nachzulesen. Die beispielsweise unter Punkt 1. ausgeführte Aussage
von Frau Christine H. über die von Dr. Bruno H. an-
gefertigten Visitenkarten widerspricht sich bereits
im nachfolgenden Punkt 2. Auch in den Punkten 6.
und 7. stellt Frau H. unwahre Behauptungen auf.
Sie hat sich damit eindeutig zum Handlanger von
Ritter Bruno gemacht. Genauso frei erfunden ist
auch die Behauptung, dass ich am 13.01.1992 als
vom Arbeitsamt zu vermittelnde ABM Kraft erschienen sei. Eine diesbezügliche Arbeitsvermittlung hat
es nur einmal und zwar am 11.03.1991 von der
ZBF Agentur (Eine dem Arbeitsamt untergeordnete
Vermittlungsagentur) gegeben (Kopie Seite 41).
Das Vermittlungsangebot bezog sich auf die TV
und Videoproduktion GmbH Dr. Bruno H. in Kirchzarten für die Festeinstellung eines Kameramannes. Wie in der Bestätigungskopie auf Seite 10 ersichtlich, hatte ich mich bereits am 14.03.1991 zu
einem Vorstellungsgespräch in Kirchzarten einge-
funden und am 15. und 16.03.1991 in einem Test-
projekt meine Fähigkeiten als Kameramann unter
Beweis gestellt. Danach hat es von Ritter Bruno
noch einige andere Arbeitsaufträge inklusive
Schlösser der Loire gegeben. Vom Arbeitsamt II
Berlin gibt es aus dieser Zeit einen Bewilligungsbescheid zur Förderung der Arbeitsaufnahme vom
22.03.1991. (Kopie Seite 42).

Das Ignorieren aller meiner bisherigen Leistungen durch eine einfache Sekretärin ist somit schlicht erlogen und anmaßend. Schon nach kurzer Zeit zeigte sich dann welche Befugnisse Ritter Bruno seiner Sekretärin einfach so erteilt hatte. Im Namen aller drei TV Gesellschaften führte sie nicht nur Informations- und Bewerbungsgespräche mit zu vermittelnden ABM Kräften durch, sondern stellte diese sogar verbindlich ein. Dies alles passierte genau in dem Zeitraum, in dem ich vergeblich versuchte, ein persönliches Gespräch mit Dr. Bruno H. zu führen. Damit war mir auch jede Möglichkeit genommen eine verbindliche Zusage vom Arbeitsamt zu bekommen.

Erst am 26.02.1992 gelingt es mir telefonisch mit Ritter Bruno einen persönlichen Termin zu vereinbaren wie im Gesprächsprotokoll von Seite 29 bis Seite 32 nachzulesen ist. Ein Bewerbungsgespräch mit mir im Großraumbüro in Adlershof hat es also nie gegeben, die ganze Darstellung ist mit falschen Angaben durchsetzt. In einigen Punkten der Klageabweisung widerspricht die vorangegangene Aussage der nachfolgenden Aussage wie beispielsweise in Punkt 9 und 10, meine Bewerbung und mein Anstellungsverhältnis betreffend. Auch diese Aussagen werden darin von Frau Christine H. getätigt, obwohl sie vorher ganz andere Aussagen über meine Person bezeugt hat. Mit Fachvermittlungsdienst ist die Arbeitsagentur ZBF gemeint wie man der Kopie auf Seite 41 entnehmen kann.

Ausfertigung

Arbeitsgericht Berlin
- 43 Ga 247/92 -

1000 Berlin 30, den 04.09.1992
Lützowstraße 106

Beschluß

In dem Arrestverfahren

des Kameramannes
Hans ████████████
Bötzowstraße 37,
O-1055 Berlin,

- Antragsteller -

Verf.-Bev.: Rechtsanwalt
Hagen-Dietrich Weyer,
Prinzenallee 87,
1000 Berlin 65.

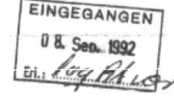

EINGEGANGEN

0 8. Sep. 1992

Erl.: ████████████

g e g e n

den Kaufmann
Dr. Bruno ●H ████████████
Winsstraße 7,
O-1055 Berlin,
bzw. in Fa. Umwelt TV,
Rudower Chaussee 5, O-1199 Berlin,

- Antragsgegner -

hat das Arbeitsgericht Berlin, Kammer 43
durch den Vorsitzenden Richter am Arbeitsgericht ████████
am 04. September 1992
b e s c h l o s s e n :

Der Antrag wird auf Kosten des Antragstellers bei einem
Verfahrenswert von 5.000.-- DM
z u r ü c k g e w i e s e n .

Gründe:

I.

Zwischen den Parteien ist unter dem Aktenzeichen 48 Ca 3230/92 ein
Urteilsverfahren anhängig, in dem der Antragsteller geltend macht,
er habe mit dem Antragsgegner in dessen Eigenschaft als Geschäftsführer der Kultur-TV gemeinnützige Gesellschaft mbH zu einem nicht
genau bezeichneten Zeitpunkt einen Arbeitsvertrag als Produktions-
leiter mit Wirkung ab 01.01.1992 und einem Bruttomonatsgehalt von
4.500.-- DM geschlossen. der Antragsgegner und die genannte GmbH
lehnten jedoch eine Beschäftigung ab. Die dort gegenüber dem
Antragsgegner sowie der ebenfalls Beklagten Kultur-TV GmbH bislang
angekündigten Anträge lauten:

- 2 -

Seite 1 der Klageabweisung
Vollständige Seiten Anhang Nr. II A-D

Anlage 1

ZENTRALE BÜHNEN-, FERNSEH- UND FILMVERMITTLUNG (ZBF)
Agentur Berlin

Kopie Vermittlungsangebot

ARBEITSAMT II BERLIN
Prenzlauer Allee 77
B E R L I N
1055

Bewilligungsbescheid
(für Leistungen nach § 53 AFG)

FdA

Herrn

~~...~~

Detzowstr. 37
Berlin
O-1055

Mein Zeichen	*I 012*
BKZ	*8323*
Telefon	*43207284*
Bearbeiter	~~Meier~~
Datum	*23.III.91*

Betreff *Förderung der Arbeitsaufnahme*

Ihr Antrag vom *12.3.91* auf Gewährung von Leistungen zur Förderung der Arbeitsaufnahme

Sehr geehrte~~r~~ *Herr H*~~...~~

anläßlich der ☐ Bemühungen um eine Arbeitsstelle / Ausbildungsstelle ☒ Vorstellung ☐ Arbeitsaufnahme ☐ _____
am *14.3.91*

bewillige ich Ihnen folgende Leistung:

	Darlehen DM	Zuschuß DM	Insgesamt DM
☐ Überbrückungsbeihilfe			
☒ *Reisekosten*		*827,50*	*827,50*
☐			

☐ **Fahrkostenbeihilfe** für die tägliche Hin- und Rückfahrt zwischen Wohnung und Arbeitsstelle in Höhe von _____ v.H. der Fahrkosten bei Benutzung eines ☐ öffentlichen Verkehrsmittels ☐ nichtöffentlichen Verkehrsmittels ab _____ für die Dauer von _____ Monaten als Zuschuß.

☐ **Familienheimfahrten** (Fahrkosten für **monatlich eine Heimfahrt** von der auswärtigen Arbeitsstelle zur Wohnung und zurück) in Höhe der Fahrkosten bei Benutzung eines ☐ öffentlichen Verkehrsmittels ☐ nichtöffentlichen Verkehrsmittels ab _____ für die Dauer von _____ Monaten als Zuschuß.

☐ **Trennungsbeihilfe** als Zuschuß ab _____
☐ dem Grunde nach bis zur Dauer von einem Jahr
☐ dem Grunde nach bis zum _____
☐ für die Restbezugsdauer von _____ Kalendertagen.

Das gewährte Darlehen ist von Ihnen ☐ in einer Summe ☐ in monatlichen Raten von _____ DM, beginnend am _____ an die Kasse des o. g. Arbeitsamtes, BLZ _____, Konto-Nr _____ bei _____

unter Angabe der Buchungsnummer (Az) _____ zu überweisen.

Bemerkungen: *Reisekosten : 139,50 Fahrkosten*
84,00 Übernachtungsgeld
54,00 Tagegeld

Wenn Zahlungsverpflichtungen trotz Mahnung nicht eingehalten werden, läßt sich die Zwangsbeitreibung der gesamten Forderung nicht vermeiden. Damit würden auch bisher eingeräumte Zahlungserleichterungen als widerrufen gelten. Ich bitte deshalb, die mit der Einziehung dieser Forderung beauftragte Kasse des o. a. Arbeitsamtes unter Darlegung der Hinderungsgründe unverzüglich zu unterrichten, wenn eine fällige Zahlung nicht geleistet werden kann. Im Falle eines Wohnungswechsels teilen Sie bitte der Kasse des genannten Arbeitsamtes die neue Anschrift mit.

Die Entscheidung beruht auf § 53 Arbeitsförderungsgesetz (AFG) in Verbindung mit der Anordnung zur Förderung der Arbeitsaufnahme (FdA-Anordnung).

Die für die Entscheidung maßgebenden Vorschriften können Sie bei Ihrem Arbeitsamt einsehen.

Gegen diesen Bescheid ist der Widerspruch zulässig. Der Widerspruch ist schriftlich oder zur Niederschrift bei der obenbezeichneten Dienststelle einzureichen, und zwar binnen eines Monats, nachdem der Bescheid Ihnen bekanntgegeben worden ist.

Anlagen:

Mit freundlichen Grüßen
Im Auftrag

Bitte Rückseite als Bestandteil des Bewilligungsbescheides beachten!

Zent-AV I FdA 12 - 07.90 (Blatt 1)

Kopie Bewilligungsbescheid

Auch im abschließenden Punkt 11 der Klageabweisung kann man zweifelsfrei erkennen, dass sich in dem ganzen Schreiben ein überaus geniales Konstrukt von geschickt formulierten Falschbehauptungen und vor Allem unbefugten Anmaßungen verbirgt. Die Anwaltskanzlei des Beklagten hat damit eine exzellente Klageabweisung erarbeitet, gegen die mein Anwalt und auch das Arbeitsgericht einfach kapitulieren mussten.

Es ist allgemein bekannt, dass bezeugte Wahrheiten oft viel schwerer zu beweisen sind als gut bezahlte Lügen. Folgt man der juristischen Darlegung von Sachverhalten in diesem Schreiben, so hat es für mich niemals einen wirksamen Arbeitsvertrag und auch keine Beschäftigung in der Kultur TV gegeben. Mehr noch, ich habe in der Vergangenheit keinerlei Arbeiten für alle drei TV Gesellschaften ausgeführt. Auch der einzuklagende Vergütungsanspruch ist nach dieser Darstellung völlig unbegründet. Eigentlich hat es mich nie gegeben!

Schlussendlich wurde damit auch die Klage des Arbeitsgerichtes abgewiesen. Aufgeben wollte ich aber immer noch nicht und so habe ich bereits einen Monat später, am 27.08.1992 auf Anraten meines Anwaltes einen Antrag auf dinglichen Arrest beim Arbeitsgericht Berlin eingereicht (Kopie Seite 35 und im Anhang). Aber auch dieser Arrestantrag wurde vom Arbeitsgericht Berlin wie bereits erwähnt zurückgewiesen wie man es auch im Dokumentenanhang   Nr. II A - D ersehen kann. Erst als ich Kenntnis von einem laufenden zivilrechtlichen Ermittlungsverfahren gegen Dr. Bruno H. beim

Landgericht Berlin bekam, habe ich analog dazu Monate später am 03.02.1993 Strafanzeige wegen Betruges gegen Bruno H. erstattet (Kopie Anhang Seite 61).

Warum es aber plötzlich doch noch eine Wende in der „Erfolgsgeschichte" von Ritter Bruno gab, erklärt sich durch die Erkenntnisse, die ich aus den neuen Gerichtsunterlagen und nicht zuletzt auch aus den aktuellen Printmedien erhielt.

Schon ab Juli 1992 wurden die unterschiedlichsten Printmedien auf die dubiosen Geschehnisse in den Adlershofer TV Unternehmen aufmerksam. Damit begann für Ritter Bruno ein neuer Abschnitt seines unaufhaltsamen Aufstiegs, weil Dinge an die Oberfläche sickerten, die ein völlig anderes Licht auf seine angeblich „ritterlichen" Absichten warfen. Nach und nach sollte jetzt sein betrügerisches Kartenhaus zusammenfallen. Vorerst aber gibt der edle Ritter nicht auf und versucht mit allen Mitteln die Printmedien auf seine Seite zu ziehen, wie beispielsweise die frei erfundene Geschichte von der höheren Instanz, sein Onkel in Schleswig-Holstein.

Obwohl sich zu dieser Zeit die Beschäftigten der drei TV Gesellschaften um Arbeitsaufträge bemühen, werden sie von Ritter Bruno nur sporadisch mit irgendwelchen Scheinaufträgen beschäftigt. Auch die Zahlung von Gehältern bleibt größtenteils aus, weil das Arbeitsamt bereits nach dem Ausscheiden von meinem Kollegen Detlef W. und mir aus den Projekten Umwelt TV und Kultur TV alle Zahlungen eingestellt hat. Trotzig nutzt aber Bruno

H. jede Möglichkeit, um in den Medien weiter seine Drohkulisse aufzubauen. Mit seinem angeblichen prominenten Onkel gewinnt er sogar einflussreiche Ostpolitiker wie man im Zeitungsausschnitt des Berliner Kuriers vom 17.07.1992 (im Anhang Seite 63) sehen kann.

Der zuständigen Arbeitsamtschefin droht er sogar eine Klage an, weil er hinter allen Maßnahmen des Arbeitsamtes eine Intrige vermutet. Auch hier zeigt sich wie geschickt er die tatsächlichen Hintergründe verdreht, weil er in Wirklichkeit bereits im Vorfeld beträchtliche Gelder für Projekte ausgegeben hat, die zu dieser Zeit noch gar nicht bewilligt waren. Der Gipfel seiner Lügengeschichten zeigt sich in einem Artikel der Berliner Morgenpost vom 18.07.1992, in welchem Ritter Bruno nicht nur mit einem prominenten Onkel, sondern sogar mit einem prominenten Vater droht (Kopie Anhang Seite 62). Gerade in diesem Artikel wird auch erstmals das aufgetischte Lügengerüst des Bruno H. öffentlich widerlegt. Was aber wirklich hinter dem Aktionismus des Bruno H. steckt und welche zweifelhaften Hintergründe sich noch dahinter verbergen, wird beim genaueren Betrachten eines Artikels in der Süddeutschen Zeitung vom 29.04.1992 schon viel früher erkennbar (Kopie Seite 64/65). In diesem Artikel werden von ihm selbst begangene Fehler aufgelistet, die einem angeblichen Juristen gar nicht erst unterlaufen dürften.

In einem Artikel in der Neuen Zeit vom 30.03.1992 verdeutlicht sich noch einmal in verkürzter Form die Chronologie der ganzen Misere für alle beteiligten

Kollegen, den zuständigen Behörden und somit auch für mich (Kopie Anhang Seite 66). Unter der Schlagzeile „Schwarzwalddoktor entpuppt sich als Quacksalber" kommt in diesem sehr objektiv verfassten Artikel klar zum Ausdruck, wie es einem Glücksritter der Einheit gelungen ist, die Hoffnung arbeitsloser Menschen an einen neuen Aufbruch, mit einem Federstrich wieder zu Nichte zu machen und staatliche Behörden mit Drohungen und Falschangaben hinters Licht zu führen.

In der Ausgabe der Neuen Zeit vom 24.04.1992 werden unter der Rubrik „geisterhafte Projekte" beispielsweise dem Potsdamer Kulturamt Produktionsaufträge der Kultur TV GmbH unterstellt, die es nie gegeben hat. Ganz ähnlich verhält es sich auch mit dubiosen Produktionsaufträgen der Stadt Potsdam (1000 Jahre Potsdam), der Stadt Weimar (Auf Goethes Spuren), der Stiftung Warentest (Umwelttest), dem ORB (Schaufenster Brandenburg, Sandmännchen und Kinderspielplatz) und nicht zuletzt sogar für NDR 3 (Visite). Die Voraussetzung für die Realisierung aller genannten Projekte wäre, dass die TV Gesellschaften von Dr. Bruno H. im Handelsregister eingetragene GmbH gewesen wären. In Wahrheit aber waren alle drei in Gründung befindliche ABM Gesellschaften. Der kleine Zusatz i. G. wurde von Ritter Bruno einfach unterschlagen. (Kopie des Artikels in der Ausgabe der Neuen Zeit vom 24.04.1992 Seite 67).

Zunehmend verdichtet sich der Verdacht, dass sich der größte Teil der dubiosen Projekte des Bruno H. bei etwas näherer Betrachtung als Scheinprojekte herausstellte. Dass sich die vorgetäuschten Geschäftspartner mehr und mehr zurückziehen hat einen ganz simplen Grund: Weil sich ganz einfach herausstellte, dass die von Ritter Bruno selbsternannten TV Gesellschaften de Jura überhaupt keine GmbHs sind, weil er schlicht den Zusatz „in Gründung befindlich" unterschlagen hat. Darüber hinaus sind es die Banken, deren Forderungsabtretungen von ihm einfach ignoriert worden sind, genauso auch wie die Krankenkassen, die ausstehende Beträge eingefordert haben. Es sind die mehrfachen Zustellungsversuche des Arbeitsgerichtes Berlin an Dr. Bruno H. in die Winsstraße 7, die stets unbeantwortet geblieben sind. Nicht zuletzt aber ist es das Finanzamt mit der Forderung der Unterlagen zur steuerlichen Erfassung was schlussendlich die Justiz auf den Plan ruft (siehe Anhang Seite 80).

Meine Klage vor dem Arbeitsgericht als auch meine zivilrechtliche Klage waren beide anscheinend zu unbedeutend, als dass sie Gerechtigkeit für mich hätten einklagen können. Erst die später nachgewiesene Steuerhinterziehung hat dann langsam die Schlinge für Ritter Bruno zugezogen.

Viele Jahre später, am 28.01.1998 bekomme ich von der Staatsanwaltschaft I beim Landgericht Berlin den Bescheid, dass meine Klage wegen Betruges abgelehnt wird, weil gegen den Beschuldigten ein Verfahren wegen Steuerhinterziehung geführt wird und er eine Freiheitstrafe zu erwarten hat (s. Anhang Kopie Staatsanwaltschaft Seite 80).

Dass ich trotz meiner Strafanzeigen auch Jahre später nie zu meinem Recht (allem voran die ausstehende Gehaltsforderung) gekommen bin, zeigt sich abschließend auch in dem Schreiben der Staatsanwaltschaft vom 28.01.1998 (Anhang Kopie Seite 61). Darin kristallisiert sich auch heraus, dass schon der Anfang der Karriere des Dr. Bruno H. von Betrug gekennzeichnet war. Wie in der Betreffzeile des Schreibens zu ersehen, ist die Strafanzeige gegen einen gewissen Bruno B… und nicht gegen Bruno H... gerichtet. Damit ist eindeutig erwiesen, dass er keinen Doktortitel besaß und sein Nachname auch nicht H... war. Geblieben vom edlen Ritter ist also lediglich der Vorname Bruno.

So endete die Geschichte vom Ritter Bruno wie die Geschichte vieler Eroberer, die beim Kampf um fremden Besitz irgendwann doch noch vom Schwert der Gerechtigkeit getroffen wurden. Wie tief dieses Schwert auch Ritter Bruno traf, zeigt sich in einer letzten verzweifelten Aktion, in der er auch weiterhin vorgab von der Richtigkeit seines Handelns überzeugt zu sein. Obwohl viele Sachverhalte juristisch das Gegenteil bezeugt haben, glaubt sich Ritter Bruno auch heute noch im Recht. Deshalb hat er sich mit einem Hungerstreik vor der Gethsemanekirche im Prenzlauer Berg mediengerecht in Szene gesetzt. Nach wie vor scheint er davon überzeugt, zu keiner Zeit gegen irgendein Gesetz verstoßen zu haben, obwohl ihn das Landgericht Berlin zu einer Freiheitsstrafe verurteil hat (Kopie Staatsanwaltschaft 1 Berlin Seite 80). Obwohl die Maßnahmen bereits am 13. Juli 1992 gestoppt wurden äußert sich Bruno H. gegenüber der Presse, dass er sich hier auch für seine Mitarbeiter im Hungerstreik befinde. In einem scheinbar letzten Akt der Verzweiflung unternimmt Ritter Bruno mit dieser Aktion noch einmal den Versuch, die Medien und das Recht auf seine Seite zu ziehen. Dabei schien er aber völlig zu übersehen, dass die von ihm veruntreuten 1,9 Millionen DM Gelder der öffentlichen Hand waren, die er zum größten Teil einfach so in die Tasche gesteckt hatte. Aber das schien er auch bis heute einfach nicht einzusehen. Wie sich jetzt rausstellte musste er nun gerechterweise mit seinem Privatvermögen dafür einstehen. Die vom Landgericht Berlin verhängte Strafe hatte ihn offensichtlich nicht auf den Weg der Läuterung geführt. Vielmehr wähnte er sich auch weiterhin auf dem rechten Weg. Wie sonst käme Jemand auf die absurde Idee vor einer der Öffentlichkeit bekannten Kirche, die auf besondere Weise für die Oppositionsbewegung in der Wendegeschichte der DDR stand, eine derartig verlogene Aktion zu provozieren. Dr. Bruno H. hat über einen langen Zeitraum hinaus Behörden hinters Licht geführt und betrogen.

Einer Reihe von Mitarbeitern des ehemaligen DFF hat er mit großem Versprechen einen Neuanfang vorgetäuscht und diese Kollegen wenig später aus dieser Scheintätigkeit heraus wieder in die Arbeitslosigkeit entlassen. Er hat sich nicht nur selbst bereichert, sondern Gelder veruntreut und Steuern hinterzogen. Deshalb war die Verurteilung von Dr. Bruno H. für alle Geschädigten ein Akt der Gerechtigkeit.

Im Gegensatz zu meinen Klageabweisungen hat die Justiz in diesem Fall wenigstens einmal der Wahrheit zu ihrem Recht verholfen.

Mir persönlich hat mein ganzes Engagement in einen Neuanfang zwei wertvolle Jahre meines Lebens gekostet. Mein Glaube an die gute Absicht meines zukünftigen Arbeitgebers und mein Vertrauen in die Gerechtigkeit ist mit dieser Erfahrung aber für lange Zeit ad absurdum geführt worden.

Ritter Brunos letzter Aktionismus

Ritter Bruno im Hungerstreik vor der Gethsemane Kirche
Komplette Kopie im Anhang Seite 81

Epilog

Und es begab sich zu der Zeit als die vom Kanzler der Einheit in den Osten entsandten Ritter einen großen Teil ihrer Ländereien ausgeraubt und geplündert haben.

Und es begab sich danach, dass sich der edle Ritter Bruno versündigte, an seinem Herren, als auch an seinen Untertanen, dass er die Gebote >Du sollst nicht stehlen< und >Du sollst kein falsches Zeugnis reden wider deinen Nächsten< einfach missachtet hatte.

Und es begab sich, da er reiste gen Berlin, um seine Ländereien auszuweiten. Und es begab sich zu derselben Zeit, dass er in seinem neuen Reich sein Volk hinters Licht führte es ausraubte und bei Nacht und Nebel in die Wüste verschwand.

Und es begab sich, da er allein war und betete vor Gethsemane im festen Glauben, obwohl er betrogen hatte, frei von jeder Sünde zu sein, >denn wer da weiß Gutes zu tun und tut's nicht, dem ist's Sünde< (Jakobus 4.5).

Anhänge

Anmerkung

Durch lange Lagerung der Aktenunterlagen sind die kopierten Objekte im Anhang von schlechter Qualität. Sie dienen lediglich dazu, die Echtheit der Unterlagen und Dokumente zu bezeugen.

A r r e s t b e f e h l e s:

I.

Wegen einer Lohnforderung des Antragstellers i. H. v.
DM 27.000,-- gegen den Antragsgegner, wird der ding-
liche Arrest in das gesamte Vermögen des Antragsgegners
angeordnet.

II.

Der Antragsgegner hat die Kosten des Rechtsverfahrens
zu tragen.

III.

Die Vollziehung des Arrestes wird durch Hinterlegung
durch den Antragsgegner i. H. v. DM 27.000,-- gehemmt.

Begründung:

I.

Dem Antragsteller stehen gegen den Antragsgegner für
die Zeit vom Januar 1992 bis einschließlich Juni 1992
sechs Monatslöhne i. H. v. monatl. DM 4.500,-- brutto
zu.

Wegen dieses Anspruches ist zwar z. Z. noch eine Fest-
stellungsklage des Antragstellers gegen den Antragsgegner unter dem oben benannten Aktenzeichen bei der
Kammer anhängig.

Zur Glaubhaftmachung: Die beizuziehenden Akten

Dieser Antrag wird in einem gesonderten Schriftsatz
noch fristgemäß auf einen Zahlungsantrag umgestellt
werden, weil zwischenzeitlich bei einem eventuellen
Fortbestand des Arbeitsverhältnisses, dieses zum
30.6.1992 abgelaufen wäre. Bei einer monatlichen
Vergütung von DM 4.500,-- brutto, ist für den Zeitraum
Januar bis einschl. Juno 1992 ein Lohnzahlungsanspruch
von DM 27.000,-- angewachsen.

Antrag auf dinglichen Arrest I B

2.

Der Antragsgegner hat im Zuge von ihm bewilligter ABM-
Maßnahmen zwar nicht sämtliche notwendigen Gelder
seitens des Arbeitsamtes erhalten jedoch sollen
zumindestens die Lohnkosten die zwischenzeitlich für
die Mitarbeiter der drei gegründeten Betriebe bzw. zu
gründenden Betriebe vom Arbeitsamt den Antragsgegner
angewiesen sein. Zahlungen an seine Mitarbeiter hat er
jedoch nicht geleistet. Da zwischen dem Antragsgegner
und dem zuständigen Arbeitsamt Streit über die
öffentlichen Gelder und deren Verwendung besteht, wobei
der Antragsgegner persönliche Investitionskosten von
1,2 Mio DM gehabt zu haben vergibt, besteht die
dringende Besorgnis, daß der Antragsgegner die ihm
ausgezahlten Lohnkosten nicht zweckgemäß verwendet.

Zur Glaubhaftmachung: Fotokopie eines Zeitungsaus-
schnittes der Bln. Zeitung vom
17.7.1992

Das Verhalten des Antragsgegners läßt besorgen, daß der
Antragsgegner dieses Geld sowie aber auch sein gesamtes
restliches Vermögen auf Grund der zahlreichen Ansprüche
der anderen Arbeitnehmer beiseite schafft.

Beglaubigte und einfache Abschrift sowie eine
eidesstattliche Versicherung des Antragstellers anbei.

Rechtsanwalt

Antrag auf dinglichen Arrest I C

Arbeitsgericht Berlin   1000 Berlin 30, den 04.09.1992
- 40 Ga 247/92 -   Lützowstraße 106

B e s c h l u ß

In dem Arrestverfahren

     des Kameramannes
     Hans-▉▉▉▉▉▉▉▉▉
     Bötzowstraße 37,
     O-1055 Berlin.   - Antragsteller -

     Verf.-Bev.: Rechtsanwalt
     Hagen-Dietrich Weyer,
     Prinzenallee 87,
     1000 Berlin 65.

g e g e n

     den Kaufmann
     Dr. Bruno ▉▉▉▉▉
     Winsstraße 7,
     O-1055 Berlin,
     bzw. in Fa. Umwelt TV.
     Rudower Chaussee 5, O-1199 Berlin.   - Antragsgegner -

> EINGEGANGEN
> 0 8. Sep. 1992
> Erl.: ▉▉▉▉▉

hat das Arbeitsgericht Berlin, Kammer 40

durch den Vorsitzenden Richter am Arbeitsgericht ▉▉▉▉▉

am 04. September 1992

b e s c h l o s s e n :

     Der Antrag wird auf Kosten des Antragstellers bei einem
     Verfahrenswert von 9.000,-- DM
     z u r ü c k g e w i e s e n .

Gründe:

I.

Zwischen den Parteien ist unter dem Aktenzeichen 48 Ca 8230/92 ein
Urteilsverfahren anhängig, in dem der Antragsteller geltend macht,
er habe mit dem Antragsgegner in dessen Eigenschaft als Geschäftsführer der Kultur-TV gemeinnützige GesellschaftmbH zu einem nicht
genau bezeichneten Zeitpunkt einen Arbeitsvertrag als Produktions-
leiter mit Wirkung ab 01.01.1992 und einem Bruttomonatsgehalt von
4.500,-- DM geschlossen. der Antragsgegner und die genannte GmbH
lehnten jedoch eine Beschäftigung ab. Die dort gegenüber dem
Antragsgegner sowie der ebenfalls Beklagten Kultur-TV GmbH bislang
angekündigten Anträge lauten:

          - 2 -

Klageabweisung II

A r r e s t b e f e h l e s:

I.

Wegen einer Lohnforderung des Antragstellers i. H. v.
DM 27.000,-- gegen den Antragsgegner, wird der ding-
liche Arrest in das gesamte Vermögen des Antragsgegners
angeordnet.

II.

Der Antragsgegner hat die Kosten des Rechtsverfahrens
zu tragen.

III.

Die Vollziehung des Arrestes wird durch Hinterlegung
durch den Antragsgegner i. H. v. DM 27.000,-- gehemmt.

Begründung:

1.

Dem Antragsteller stehen gegen den Antragsgegner für
die Zeit vom Januar 1992 bis einschließlich Juni 1992
sechs Monatslöhne i. H. v. monatl. DM 4.500,-- brutto
zu.

Wegen dieses Anspruches ist zwar z. Z. noch eine Fest-
stellungsklage des Antragstellers gegen den Antragsgegner unter dem oben benannten Aktenzeichen bei der
Kammer anhängig.

Zur Glaubhaftmachung: Die beizuziehenden Akten

Dieser Antrag wird in einem gesonderten Schriftsatz
noch fristgemäß auf einen Zahlungsantrag umgestellt
werden, weil zwischenzeitlich bei einem eventuellen
Fortbestand des Arbeitsverhältnisses, dieses zum
30.6.1992 abgelaufen wäre. Bei einer monatlichen
Vergütung von DM 4.500,-- brutto, ist für den Zeitraum
Januar bis einschl. Juno 1992 ein Lohnzahlungsanspruch
von DM 27.000,-- angewachsen.

Klageabweisung II A

57

2.

Der Antragsgegner hat im Zuge von ihm bewilligter ABM-Maßnahmen zwar nicht sämtliche notwendigen Gelder seitens des Arbeitsamtes erhalten jedoch sollen zumindestens die Lohnkosten die zwischenzeitlich für die Mitarbeiter der drei gegründeten Betriebe bzw. zu gründenden Betriebe vom Arbeitsamt den Antragsgegner angewiesen sein. Zahlungen an seine Mitarbeiter hat er jedoch nicht geleistet. Da zwischen dem Antragsgegner und dem zuständigen Arbeitsamt Streit über die öffentlichen Gelder und deren Verwendung besteht, wobei der Antragsgegner persönliche Investitionskosten von 1,2 Mio DM gehabt zu haben vorgibt, besteht die dringende Besorgnis, daß der Antragsgegner die ihm ausgezahlten Lohnkosten nicht zweckgemäß verwendet.

Zur Glaubhaftmachung: Fotokopie eines Zeitungsaus-
schnittes der Bln. Zeitung vom
17.7.1992

Das Verhalten des Antragsgegners läßt besorgen, daß der Antragsgegner dieses Geld sowie aber auch sein gesamtes restliches Vermögen auf Grund der zahlreichen Ansprüche der anderen Arbeitnehmer beiseite schafft.

Beglaubigte und einfache Abschrift sowie eine eidesstattliche Versicherung des Antragstellers anbei.

Rechtsanwalt

Klageabweisung II B

58

1. die Beklagten als Gesamtschuldner zu verurteilen,
   an den Kläger 5.000.-- DM brutto zu zahlen;

2. festzustellen, daß das Arbeitsverhältnis zwischen dem
   Kläger und den Beklagten über den 27.03.1992 fortbesteht,
   hilfsweise

3. festzustellen, daß das Arbeitsverhältnis zwischen den
   Parteien bis 30.Juni 1992 fortbesteht.

Kammertermin ist auf den 03.11.1992 anberaumt.

Mit dem vorliegenden, am 04.09.1992 eingegangenen Antrage begehrt
der Antragsteller den Erlaß des folgenden Arrestbefehls:

    I. Wegen einer Lohnforderung des Antragstellers i. H. v.
       DM 27.000,-- gegen den Antragsgegner, wird der dingliche
       Arrest in das gesamte Vermögen des Antragsgegners
       angeordnet.

    II. Der Antragsgegner hat die Kosten des Rechtsverfahrens zu
        tragen.

    III. Die Vollziehung des Arrestes wird durch Hinterlegung durch
         den Antragsgegner i. H. v. DM 27.000,-- gehemmt.

Er trägt vor, er habe vor, die Klage im Hauptsacheverfahren auf den
Gesamtbetrag von 27.000,-- DM zu erweitern; angeblich habe das
Arbeitsamt inzwischen Lohnkosten für die Mitarbeiter an den Antragsgegner angewiesen, dieser habe jedoch keine Zahlung geleistet; es
bestehe die dringende Besorgnis, daß der Antragsgegner die ihm
ausgezahlten Lohnkosten nicht zweckgemäß verwende. Wegen der weiteren
Einzelheiten wird auf die Antragsschrift und die zur Glaubhaftmachung
angefügte eidesstattliche Versicherung des Antragstellers verwiesen.

II.
Der Antrag ist zurückzuweisen. Weder ein Arrestanspruch noch ein
Arrestgrund sind auch nur annähernd glaubhaft gemacht.

                                       - 3 -

Klageabweisung II C

Die bloße Behauptung, einen Lohnanspruch in Höhe von 27.000,-- DM zu haben, kann substantiierten Sachvortrag hierzu nicht ersetzen. Das Arrestverfahren ist ein gesondertes Verfahren, in dem Sachvortrag nicht dadurch ersetzt werden kann, daß auf ein anderes gerichtliches Verfahren pauschal Bezug genommen wird. Selbst wenn der Antragsteller aber die in dem Urteilsverfahren eingereichten Schriftsätze hier eingereicht hätte, würden diese das Bestehen eines Zahlungsanspruches gegen den Antragsgegner noch nicht einmal schlüssig ergeben, geschweige denn, daß ihr Bestehen glaubhaft gemacht wäre. Im Hauptsacheverfahren ist schon die Begründung eines Arbeitsverhältnisses äußerst umstritten, beide Seiten haben hierzu umfangreiche Beweisantritte gemacht. Es wäre geradezu abenteuerlich, wenn man bei dieser Sachlage eine einfache eidesstattliche Versicherung des Antragstellers, die zudem noch nicht einmal eigene inhaltliche Angaben enthält, sondern lediglich auf eine überaus pauschale Antragsschrift Bezug nimmt, zur Glaubhaftmachung eines Zahlungsanspruches ausreichen lassen würde, wobei vorliegend noch hinzu kommt, daß nichts dafür ersichtlich ist, daß sich ein derartiger Anspruch gegen den Antragsgegner persönlich richtet.

Ebenso unzureichend sind die Angaben des Antragstellers zum Arrestgrund. Woraus sich ergeben soll, daß der Antragsgegner die ihm (oder der GmbH?) ausgezahlten Lohngelder nicht zweckgemäß verwenden werde, ist nicht ersichtlich, abgesehen davon, daß die Besorgnis nicht zweckgemäßer Geldverwendung für sich genommen keinen Arrestgrund abgibt. Jedenfalls ist das Arrestverfahren nicht dazu da, einem Gläubiger lediglich einen Startvorteil gegenüber anderen Gläubigern zu verschaffen.

Die Kostenentscheidung beruht auf § 91 ZPO. Bei der Streitwertfestsetzung wurde ein Drittel der vom Antragsteller behaupteten Forderung zugrunde gelegt.

gez. ████████

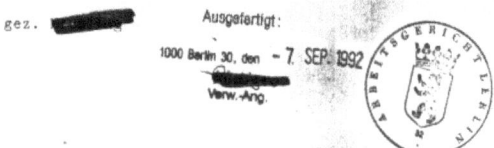

Ausgefertigt:

1000 Berlin 30, den - 7. SEP. 1992

Verw.-Ang.

Klageabweisung II D

Staatsanwaltschaft I
bei dem Landgericht Berlin

4 Wi Js 433/90

Staatsanwaltschaft I bei dem Landgericht Berlin
10548 Berlin

Herrn

10807 Berlin

Berlin, den 20.1.1996

Betrifft: Ihre Strafanzeige vom 3.2.1993 gegen Bruno B.

Sehr geehrter Herr ...!

In dem auf Ihre oben erwähnte Strafanzeige gegen Bruno B.
wegen Betruges pp. eingeleiteten Ermittlungsverfahren habe ich von
der Erhebung der öffentlichen Klage wegen Betruges nach Maßgabe
des § 154 Abs. 1 Nr. 1 der Strafprozeßordnung abgesehen.

Gegen den Beschuldigten wird ein Verfahren geführt, in dem er unter
anderem wegen Steuerhinterziehung eine Freiheitsstrafe zu erwarten hat.

Etwaige zivilrechtliche Ansprüche werden durch diesen Bescheid nicht
berührt.

Hochachtungsvoll

Staatsanwalt

Beglaubigt

Justizangestellte

Strafanzeige gegen Bruno B.

ABM-Skandal: Hennig gab falsche Hinweise

„Entweder er war maßlos naiv oder recht frech" – so kommentierte der frühere Leiter des Referats für Arbeits-Beschaffungs-Maßnahmen (ABM) im Landesarbeitsamt, H█████████, das Auftreten des Schwarzwälders Dr. Bruno H█████ gegenüber Vertretern der Arbeitsverwaltung. Der Sozialpädagoge war ins Zwielicht geraten, nachdem 60 von 122 geplanten ABM-Stellen in den von ihm gegründeten Adlershofer Film-Produktionsgesellschaften „Umwelt-TV", „Industrie-TV" und „Kultur-TV" am Montag mit sofortiger Wirkung gestrichen wurden (wir berichteten). H█████ habe das Arbeitsamt VII und das Landesarbeitsamt in mehreren Gesprächen – auch in Begleitung von Pressevertretern – unter Druck setzen wollen, um Zuschüsse für die seit November 1991 laufenden AB-Maßnahmen zu erhalten, sagte K█████████. Dabei habe er auch den Hinweis gegeben, Sohn des früheren Parlamentarischen Staatssekretärs im Bundesverteidigungsministerium, Dr. Ottfried H█████, zu sein. Der Hinweis entbehrte jedoch jeder Grundlage: H█████ ist nicht, wie in der Morgenpost zu lesen war, der Sohn des Ex-Staatssekretärs. „Ein Bruno H█████ ist mir nicht bekannt. Er ist mit mir weder verwandt noch verschwägert. Mein Sohn B█████ ist sieben Jahre alt", erklärte dazu der schleswig-holsteinische CDU-Oppositionsführer. *B. Marschall*

Der angebliche Vater des Bruno H.

ABM-Skandal: Firmenchef verklagt Arbeitsamt

17.07.92

Die Lobby des Bruno H.

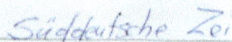

Ein ehrenwertes Vorhaben und seine Realisieru...

Spekulantentum im Osten oder wie ein selbsternannter Produzent mit ABM-Geldern...

In Berlin-Adlershof, dem Gelände des ehemaligen DFF, ist wieder Leben eingekehrt. Neben elf 99 hat die „Neue Länder Gesellschaft" (NLG), die das Gelände im Auftrag der fünf neuen Länder verwaltet, Räume an die Telekom und die Rundfunkservicegesellschaft ORB/MDR vermietet. Im Gebäude S 4 hat sich „Umwelt-TV" eingenistet. Mit „kritischer Berichterstattung" will die kleine Produktionsgesellschaft über „wichtige Versäumnisse und Fortschritte in Sachen Umwelt" informieren. Ein ehrenwertes Vorhaben. Das Arbeitsamt hat dafür 120 ABM-Stellen bewilligt, denn die gemeinnützige Gesellschaft will keine Profite erzielen. Etwa 80 Beschäftigte sind zum Teil schon seit Januar eingestellt. Doch ihr Gehalt haben sie bis heute nicht bekommen. Die meisten von ihnen sind als ehemalige DFF-Mitarbeiter erst vor kurzem „abgewickelt" worden, nun droht ihnen die nächste Massenentlassung.

Ihr Hoffnungsträger ist Dr. Bruno H███, ███ 35 Jahre, mit der selbstgewählten Berufsbezeichnung „Produzent". Er ist alleiniger Gesellschafter, Geschäftsführer und auch Chefredakteur der Umwelt-TV. Gleichzeitig ist er auch alleiniger Gesellschafter und Geschäftsführer zweier weiterer GmbHs, der Kultur-TV und der Industrie-TV, die ebenfalls auf gemeinnütziger Basis mit ABM-Stellen für öffentliche Institutionen, Verbände und Einrichtungen Filmproduktionen übernehmen wollen. Im Handelsregister sind sie jedoch noch nicht eingetragen.

Angelockt durch die vielfältigen Finanzierungsmöglichkeiten im Osten der Republik verließ Bruno H███ seine Villa im schönen Kirchzarten/Schwarzwald, um in den Ruinen, die Rudolf Mühlfenzl als Rundfunkbeauftragter des Deutschen Fernsehfunks zurückgelassen hatte, sein Glück zu suchen. Noch zu Mühlfenzls Zeiten wurde der ehemalige Philip Morris PR-Chef Ferdi Breidbach mit der Leitung der Arbeitsgruppe U-W-A. Umschulung, Weiterbildung und Arbeitsbeschaffung beauftragt, die ein Kursangebot für Rundfunkleute entwickelte. Die Senatsverwaltung für Arbeit initiierte darüber hinaus sogenannte Servicegesellschaft, ABM-Firmen. 100 Prozent der Personalkosten einer Servicegesellschaft übernimmt das Arbeitsamt im ersten Jahr und das Land Berlin gibt weitere 50 Prozent davon als Sachkostenzuschuß zu. Unter Umständen zahlt das Land sogar 100

Prozent des Stammkapitals. Das Arbeitsamt vergibt weitere Darlehen für die Anschaffung von Technik und sonstigen Gerätschaften. Eine verlockende Finanzierungsquelle. Zwar dürfen ABM-Firmen keine Dienstleistungen zu Niedrigpreisen anbieten und auch keine Geschäfte mit z. B. kommerziellen Fernsehanstalten tätigen, denn das würde den im Aufbau befindlichen Mittelstand gefährden.

„LOHN DER ANGST", der klassische, spannende Reißer von Henri-Georges Clouzot schildert die Höllenfahrt eines Lasters mit hochexplosivem Nitrog███ zu einer brennenden Ölquelle. Im Bild: Vera Clouzot und Yves Montand (links). Photo: Röhn...

[███████████], doch wer kontrolliert das Geschäftsgebaren der Unternehmen? Denn für das DFF-Gelände zuständige Arbeitsamt 9 in Treptow lagen Anträge von drei Trägern vor. Umwelt-TV jedoch stand nicht auf der Liste. Von den ehrgeizigen Plänen des Schwarzwälder Juristen wollte zu diesem Zeitpunkt niemand. Und Bruno H███ wußte nichts von Servicegesellschaften, Projektstrukturen, Finanzierungsplänen, schlicht dem normalen Abwicklungsprozedere. Der smarte Selfmademan schlug einen anderen Weg ein, um zum Ziel zu kommen. Da er seinen Geschäftssitz in den Bezirk Prenzlauerberg gelegt hatte, stellte er beim dortigen Arbeitsamt 7 einen Antrag auf insgesamt sieben AB-Maßnahmen für 120 Stellen, verteilt auf seine drei GmbHs. Wie es zur Bewilligung kam, bleibt ungeklärt. T███ █████, Pressesachbearbeiter des Arbeitsamts 7 spricht von „Weisungen seitens des Landesarbeitsamtes", der Maßnahme zuzustimmen. Der damals zuständige Referent des Landesarbeitsamtes bestätigt dies, er habe „ein öffentliches Interesse an der Durchführung der Maßnahmen" erkannt. Bruno H███ bekam also die Zusage des Arbeitsamtes, ohne die erforderlichen Unterlagen beizubringen, █████████████████████████

haben. Er sollte sie nachliefern. Mit der Aussicht auf Fördergelder stürzte sich H███ mit seinem langsam wachsenden Team in die Aufbauarbeit. Da die Wohnung in Prenzlauer Berg zu klein geworden war, zog er auf das Gelände in Adlershof. Mit der NLG vereinbarte er die Räumlichkeiten auf eigene Kosten zu renovieren (70.000 Mark), als Gegenleistung sei ihm für eine Weile Mietfreiheit █████████████████████████

angeboten worden. Es existiert allerdings nur ein mündlicher Mietvertrag. Während NLG-Bereichsleiter K███ das Mietverhältnis der Umwelt-TV in Form eines Vertrages, dessen Laufzeit Ende des Jahres endet, reguliere will, beruft sich H███ auf seine günstigeren mündlichen Vereinbarungen.

Mittlerweile muß er jeden Pfennig umdrehen. Auf über 550 000 Mark schätzt er selbst die unbeglichenen Personalkosten. Der Sozialversicherung schulde er 100 000 Mark. Über eine Million Mark will er selbst ins Unternehmen gesteckt haben.

30 Jahre lang hat A███ █████ als Regisseurin beim DFF gearbeitet. Zusammen mit Redakteurin ████ ██ und Kameramann N███ ██ arbeitet sie nun bei Umwelt-TV an einer Konzeption für umweltbezogene Kinderfilme. Nachdem einige ihrer Kollegen bereits das Handtuch geworfen haben, stehen sie zu ihrem Chef. Noch. „Er läßt uns den Freiraum, den wir brauchen", versichert ██████████ und hofft, daß sich alles zum Guten wendet. Doch potentielle Abnehmer für die Filme, wie der ORB und mittlerweile abgesprungen, und das Arbeitsamt machte eine Freigabe der Gelder bisher von einer Bankbürgschaft in Höhe █████████████

Der angebliche Jurist Bruno H.

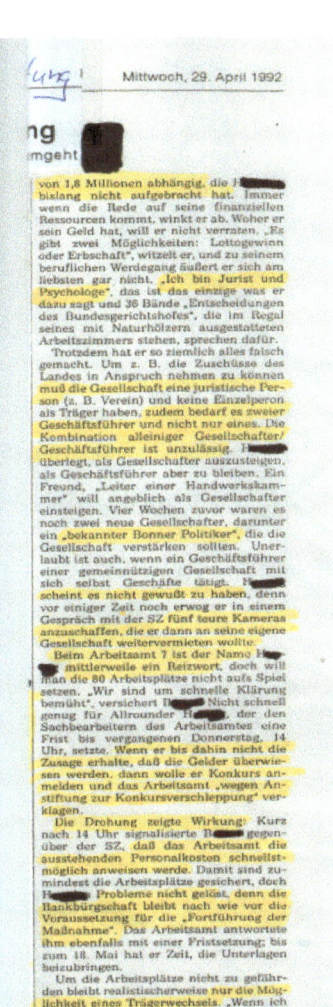

ng
mgeht

von 1,8 Millionen abhängig, die H███
bislang nicht aufgebracht hat. Immer
wenn die Rede auf seine finanziellen
Ressourcen kommt, winkt er ab. Woher er
sein Geld hat, will er nicht verraten. „Es
gibt zwei Möglichkeiten: Lottogewinn
oder Erbschaft", witzelt er, und zu seinem
beruflichen Werdegang äußert er sich am
liebsten gar nicht. „Ich bin Jurist und
Psychologe", das ist das einzige was er
dazu sagt und 36 Bände „Entscheidungen
des Bundesgerichtshofes", die im Regal
seines mit Naturhölzern ausgestatteten
Arbeitszimmers stehen, sprechen dafür.

Trotzdem hat er so ziemlich alles falsch
gemacht. Um z. B. die Zuschüsse des
Landes in Anspruch nehmen zu können
muß die Gesellschaft eine juristische Person (z. B. Verein) und keine Einzelperson
als Träger haben, zudem bedarf es zweier
Geschäftsführer und nicht nur eines. Die
Kombination alleiniger Gesellschafter/
Geschäftsführer ist unzulässig. H███
überlegt, als Gesellschafter auszusteigen,
als Geschäftsführer aber zu bleiben. Ein
Freund, „Leiter einer Handwerkskam-
mer" will angeblich als Gesellschafter
einsteigen. Vier Wochen zuvor waren es
noch zwei neue Gesellschafter, darunter
ein „bekannter Bonner Politiker", die die
Gesellschaft verstärken sollten. Uner-
laubt ist auch, wenn ein Geschäftsführer
einer gemeinnützigen Gesellschaft mit
sich selbst Geschäfte tätig. H███
scheint es nicht gewußt zu haben, denn
vor einiger Zeit noch erwog er in einem
Gespräch mit der SZ fünf teure Kameras
anzuschaffen, die er dann an seine eigene
Gesellschaft weitervermieten wollte.

Beim Arbeitsamt ? ist der Name H███
mittlerweile ein Reizwort, doch will
man die 80 Arbeitsplätze nicht aufs Spiel
setzen. „Wir sind um schnelle Klärung
bemüht", versichert B███. Nicht schnell
genug für Allrounder H███, der den
Sachbearbeitern des Arbeitsamtes eine
Frist bis vergangenen Donnerstag, 14
Uhr, setzte. Wenn er bis dahin nicht die
Zusage erhalte, daß die Gelder überwie-
sen werden, dann wolle er Konkurs an-
melden und das Arbeitsamt „wegen An-
stiftung zur Konkursverschleppung" ver-
klagen.

Die Drohung zeigte Wirkung: Kurz
nach 14 Uhr signalisierte B███ gegenüber der SZ, daß das Arbeitsamt die
ausstehenden Personalkosten schnellstmöglich anweisen werde. Damit sind zu-
mindest die Arbeitsplätze gesichert, doch
H███ Probleme nicht gelöst, denn die
Bankbürgschaft bleibt nach wie vor die
Voraussetzung für die „Fortführung der
Maßnahme". Das Arbeitsamt antwortete
ihm ebenfalls mit einer Fristsetzung; bis
zum 18. Mai hat er Zeit, die Unterlagen
beizubringen.

Um die Arbeitsplätze nicht zu gefährden bleibt realistischerweise nur die Möglichkeit eines Trägerwechsels. „Wenn ich
mein Geld wieder rückkriege, bin ich
sofort bereit dazu", meinte H███ noch
vergangene Woche und: „Ich bereue den
Tag, an dem ich das angegangen habe." — B███

Ilona Marenbach

Fortsetzung Der angebliche Jurist

65

Berlin. „Doktor aus dem Schwarzwald gibt 78 DFF-Leuten neue Chance" titelte im vergangenen November ein Berliner Boulevardblatt. Fred Lamm (Name geändert), den der Deutsche Fernsehfunk bis März letzten Jahres als Regiekameramann beschäftigte, hat mit dieser Chance bittere Erfahrungen sammeln müssen. Was für den gestandenen Fernsehmacher mit 32 Berufsjahren, wie ein Neuanfang aussah, hat vor wenigen Wochen in einem zivilrechtlichen Verfahren ein vorläufiges Ende gefunden.

Dabei hatte alles hoffnungsvoll angefangen. Im März 1991 bewarb sich Lamm auf ein Stelleninserat – bei der Fernsehen Schleswig-Holstein GmbH i. G. Dem Vorstellungsgespräch folgte unmittelbar am 17. März 1991 das schriftliche Einstellungsangebot für 6 000 DM monatlich. Seinerzeit hatte auch der „Schwarzwälder Doktor" aus Kirchzarten, mit bürgerlichem Namen B████ H████, seinen ersten Auftritt, als Geschäftsführer ebenjener FSH GmbH i. G. in Lübeck, Mengstraße 58. Obwohl Lamm bereits an Filmprojekten arbeitete, ließ die Anstellung per Arbeitsvertrag ebenso auf sich warten wie das zugesagte Gehalt. Ende Juni habe dem H████ dann ein anderes Angebot unterbreitet. Weil die Finanzierung im Osten einfacher sei, wolle dieser nun dort ein ABM-Projekt organisieren. Wenige Zeit später gründete Bruno H████ drei Ein-Mann-GmbH: Umwelt-TV, Industrie-TV und Kultur-TV. Als Alleingesellschafter bestellte er sich jeweils selbst zum Geschäftsführer. Die einfache Grundidee der Gesellschaften war es, mit ABM-Kräften in den neuen Bundesländern gemeinnützig tätig zu sein. So sollte Industrie-TV mit Werbefilmen die ostdeutsche Wirtschaft ankurbeln, Kultur-TV den Tourismus in Schwung

bringen und Umwelt-TV das Umweltbewußtsein der Ostdeutschen fördern.

Fred Lamm überzeugte die Idee – nicht zuletzt aufgrund des avisierten Postens als Abteilungsleiter Kultur-TV mit monatlich 4 500 DM. So übernahm er mit seinem Hinzuverteil die Organisation der Projekte von Berlin aus. Personelle Verstärkung schöpfte er aus den Kontakten zu ehemaligen DFF-Kollegen, besorgte Geschäftsräume in Prenzlauer Berg und kümmerte sich um die notwendigen Formalitäten für die Bewilligung der ABM. Wenige Tage vor Weihnachten stimmte das Arbeitsamt ? dem angemeldeten Personal- und Sachkostenbedarf zu. Da die Geschäftsräume in Prenzlauer Berg nun zu klein waren, mußten größere Räume gefunden werden. Wieder halfen die Querverbindungen zum DFF. Ein ehemaliger Kollege vermittelte eine Mietmöglichkeit für eine ganze Etage auf dem Adlershofer Fernsehgelände. Im Januar und Februar dieses Jahres wurde dort ohne Mietvertrag und ohne Arbeitsverträge mit ehemaligen DFF-Kollegen ein dennoch kräftig renoviert. In jener Zeit habe sich aber auch sein Verhältnis zu H████ „langsam aufgelöst", erzählt Lamm. Obwohl der ihn noch im Januar den Kollegen als Abteilungsleiter vorgestellt habe. Merklich kühler sei die Beziehung auch deshalb geworden, weil Fred Lamm immer wieder auf einen, Arbeitsvertrag gedrängt habe. Ende Februar habe H████ schließlich mitgeteilt, daß es aus finanziellen vertragbaren Konditionen nicht einzustellen. Für Lamm war das Maß nun voll – nach fast einem Jahr Tätigkeit ohne Gehalt und schriftlichen Arbeitsvertrag. Die großen Unrühmlichkeiten seien ihm sehr wohl bewußt gewesen, sagt der offensichtlich Geprellte heute. Dennoch habe er riskobereit lange

Zeit geschwiegen, um das Projekt nicht zu gefährden. Jetzt klage er gegen Bruno H████.

Der Beklagte selbst kommentiert gegenüber NEUE ZEIT die Angelegenheit indes so: „Wir haben mal eine Anzeige aufgegeben im Sommer 1991. Wir haben dann hier ein paar eingestellt. Das war aber nicht richtig, hat sich dann herausgestellt." Die erste Einstellung überhaupt habe er aber erst im Januar dieses Jahres vorgenommen, „korrigiert" sich H████. Doch auch im weiteren Gesprächsverlauf setzt H████ nicht mit Widersprüchlichem. Noch im November letzten Jahres lehte er in der Presse die Kollegen des DFF. „Die stecken von der Qualität her viele Westdeutsche in die Tasche." Jetzt ist er offenbar geteilter Ansicht: „Also wir haben hier Redakteure, die können kein Manuskript schreiben." Zwar gebe es auch „Profis", andere dagegen würden „die größte Scheiße" bauen.

Nach eigener Aussage zahlt H████ für die Adlershofer Etage, inzwischen mit einem angeblichen 70 000-DM-Kredit ausreichlich aufgepolstert, noch keine Miete, „solange wir keinen Mietvertrag haben". Keinen schriftlichen ergänzt er, aber: „Wir haben einen mündlichen Mietvertrag. Das reicht also aus, daß diese Typen dort Zusage gemacht haben." Außerdem habe man ihm eine weitere Etage zur Miete angeboten. In der NLG, der Gesellschaft, die die ehemaligen Einrichtungsgegenschaften verwaltet (,,diese Typen"!) wird dies zum Teil dementiert. Der für Adlershof zuständige Bereichsleiter R████ K████ erklärt, es gebe nur eine mündliche Zusage für eine Etage. Schwierigkeiten mache ihm überdies, so H████, das Arbeitsamt ? im Prenzlauer Berg, wo er „in keinster Weise beraten wurde". Erst seine Beziehungen und sein

resolutes Auftreten hätten dazu geführt, daß die Maßnahme von „hinter" Stelle im Schnellgang durchgesetzt worden sei. Der Sprecher Berliner Landesarbeitsamtes, H████ K████ „glaubt" dagegen nicht derartige Anweisungen und den nicht vom Kontrollmechanismen Amtsleiterin H████ W████ Arbeitsamt ? an der Name H████ inzwischen ein Reizwort. „Wir hatten noch nie soviel Ärger mit einer AB. Seinerzeit hätten unvollständige Unterlagen zu Verzögerungen bei der Bewilligung geführt. Entgegen H████ Behauptungen seien die personellen Bedingungen nicht „ausreichend" gewesen, habe sie alle die ihr zur Verfügung stehenden Mittel ausgeschöpft, die Maßnahme in Gang gebracht. Doch selbst nach der Bewilligung habe der Ärger nicht aufgehört. Erstmals am 9. Februar habe H████ erfahren, daß die zugewiesenen ABM-Kräfte in Adlershof arbeiten sollen, das im Zuständigkeitsbereich Arbeitsamt 9 (Treptow) liegt. H████ sollen ABM-Kräfte auf anderen den vom Arbeitsamt zugewiesenen Stellen eingesetzt worden sein. Über hinaus gebe es Unkorrektheiten bei der ersten Lohnabrechnung der ABM-Träger vorleiten müßte sich vom Arbeitsamt zurückkehrten laße. Von einem Gehalt sollen ABM-Kräfte des Bruno H████ dings auch noch keinen Pfennig gehen haben.

Die Vorgehensweise H████ der Arbeitsbehörde ? doch ernst zu denken. Daher will Frau W████ verstärkt die Einhaltung der für ABM-Maßnahmen vorgeschriebenen Regeln achten auch in Adlershof prüfen lassen. Sie wolle die Sache „nicht sterben lassen", aber notfalls müßte man sich noch einem anderen, geeigneteren ABM-Träger umschauen.

Schwarzwalddoktor entpuppt sich als Quacksalber

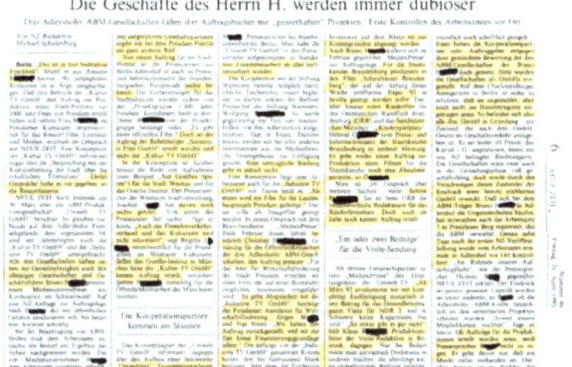

Die „geisterhaften" Projekte des Bruno H.

Krankenkassen

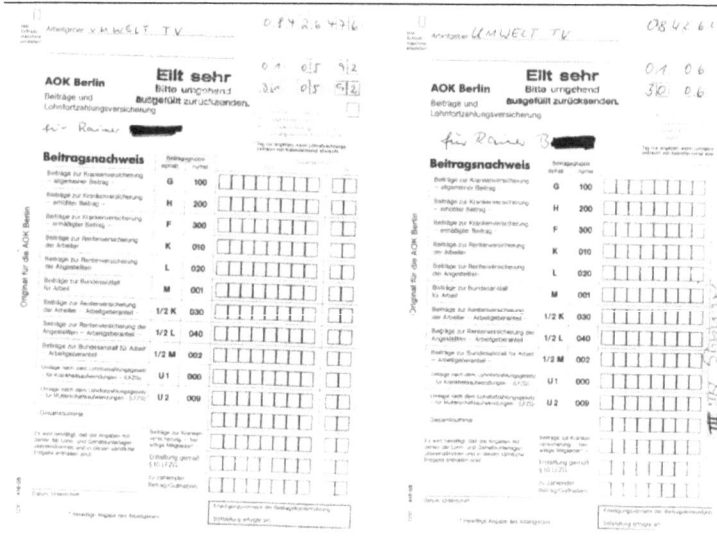

Anhang Nr. IV

AOK Berlin

Grundsätzliches, Streit- und
Versicherungsverfahren

Mehringplatz 15
1000 Berlin 61
Telefon: (030) 25 82 - 2503
Telefax: (030) 251 69 15

AOK Berlin, Mehringplatz 15, 1000 Berlin 61

Zimmer: 504

Industrie TV
Gemeinnützige Gesellschaft mbH
Wiener Str. 7
0 - 1055 Berlin

Bearbeiter(in): S.
Herr/Frau
Wir haben die geistige Arbeitszeit:
Ihr(e) Sachbearbeiter(in) ist für Sie telefonisch zu erreichen:
Montag - Dienstag - Donnerstag   von 8.15 bis 15.00 Uhr
Mittwoch   von 8.15 bis 15.30 Uhr
Freitag   von 8.15 bis 14.00 Uhr

Haupteingang und Parkplätze: Wilhelmstraße
Fahrverbindungen: Autobus 141, 241, 341
U-Bahn: Hallesches Tor · S-Bahn: Anhalter Bahnhof

(Bei Zuschriften und Zahlungen bitte angeben)
Betriebsnummer

Ihre Nachricht vom

Unser Zeichen
IV/Ma-Le

Tag
24. 8. 92

Frau Stefanie ▓▓▓▓ geb. ▓▓▓▓

Sehr geehrte Damen und Herren!

Für die Prüfung, ob Ihr(e) obengenannte(r) Mitarbeiter(in) der Versicherungspflicht unterliegt, bitten wir Sie um Beantwortung der nachstehenden Fragen, da die vorhandenen Unterlagen für eine Entscheidung nicht ausreichen.

1. Als was wird/wurde der/die Arbeitnehmer(in) von Ihnen beschäftigt?

2. Liegt/lag ein Probearbeitsverhältnis vor?   ja/nein

3. Handelt(e) es sich um eine kurzfristige Beschäftigung zur Aushilfe, z. B. als Krankheits- oder Urlaubsvertretung oder aus welchen anderen Gründen?

   _____

4. Ist/war die Beschäftigung bei Ihnen von vornherein befristet?

   Falls ja, vom _____ bis _____

5. Sind/waren bei Beginn der Beschäftigung hierüber entsprechende Vereinbarungen getroffen worden?
                                                                                  ja/nein

6. Welche Bruttoarbeitsentgelte (dazu gehören auch Sachbezüge) wurden in den einzelnen Lohnabrechnungszeiträumen ab _1. 2. 92_ erzielt?
   – Sofern Einmalzahlungen (z. B. Urlaubs- oder Weihnachtsgeld) gewährt wurden, bitte diese gesondert angeben.

7. An wieviel Tagen in der Woche wird/wurde die Beschäftigung ausgeübt?

8. Wieviel Stunden beträgt/betrug die wöchentliche Arbeitszeit?

9. Ist der/die Arbeitnehmer(in) gleichzeitig an der Firma beteiligt?
   – Falls ja, bitten wir um Übersendung des entsprechenden Gesellschaftsvertrages bzw. der -verträge

GB/1 312 08

69

HEK

Hanseatische
Ersatzkasse
Seit 1826
Krankenkasse
für Angestellte

Briefdrucksache

Kultur TV GmbH
Gehaltsstelle
Wiussh. 7
0·1055 Berlin

Fernruf 030 / 4 33 99-0
Wittestraße 30 P
Postfach 27 05 16
1000 Berlin 27

Datum 210892

Mahnung für die Zeit vom 010592 bis 310792

für Mitglied ▓▓▓▓▓▓

Sachbearbeiter

Mitglieds bzw. Arbeitgeber-Nr.
O·84264 ▓▓

▲ Bitte bei Zahlung und ▲
Rückfragen angeben!

Betrag DM	Säumniszuschläge DM	Mahngebühr DM	Kosten für Rechtsverf. DM	Gesamtbetrag DM
3974,40	79,20	4,—		4057,60

Sehr geehrtes Mitglied, sehr geehrte Damen und Herren,

leider haben Sie unseren Beitragsbescheid vom _210892_ unbeachtet gelassen.

Wir müssen Sie erneut bitten, den o.g. Gesamtbetrag innerhalb einer Woche auszugleichen. Anderenfalls bleibt uns keine andere Wahl, als den gesamten Rückstand zwangsweise einziehen zu lassen. Das möchten wir gern vermeiden.

Wichtiger Hinweis für freiwillige Mitglieder: Die freiwillige Mitgliedschaft endet kraft Gesetzes mit Ablauf des nächsten Zahltages, wenn für zwei Monate die fälligen Beiträge nicht entrichtet wurden (§ 191 SGB V).

Mit fr▓▓▓▓▓▓ Gruß
▓▓▓▓▓▓▓ che Ersatzkasse

1.00 03.89

70

**Hanseatische
Ersatzkasse**
Seit 1826
Krankenkasse
für Angestellte

HEK · POSTF.270516 · 1000 BERLIN 27

AN DIE
KULTUR TV GMBH
WINSSTR. 7

D   1055 BERLIN

Gst WITTESTR. 30 P
1000 BERLIN 27
Ruf (030)   435950

BITTE BEI ZAHLUNG UND RÜCKFRAGEN ANGEBEN:
Mitglieds-bzw.
Beitrags-Nr   Datum
05426498000   24.06.92

Mahnung

Sehr geehrtes Mitglied,
sehr geehrte Damen und Herren,

leider haben Sie unseren Beitragsbescheid vom 20.05.92   unbeachtet gelassen.

Wir müssen Sie erneut bitten, den u.g. Gesamtbetrag innerhalb einer Woche auszugleichen. Anderenfalls bleibt uns keine andere Wahl,
als den gesamten Rückstand zwangsweise einziehen zu lassen. Das möchten wir gern vermeiden.

Wichtiger Hinweis für freiwillige Mitglieder: Die freiwillige Mitgliedschaft endet kraft Gesetzes mit Ablauf des nächsten Zahltages, wenn
für zwei Monate die fälligen Beiträge nicht entrichtet wurden (§ 191 SGB V).

Mit freundlichem Gruß
Ihre
Hanseatische Ersatzkasse

Maschinell erstellt · ohne Unterschrift gültig

Zeitraum vom	bis	Betrag DM	Säumniszuschläge DM	Mahngebühr DM	Kosten der Rechtsverf. DM	Gesamtrückstand DM
01.07.92	31.07.92	3705,60	74,00	4,00		3783,60

Kontoauszug

Datum des Vorgangs	Text	von	bis	Betrag DM	Rückstand DM	Guthaben DM
	SALDOVORTRAG				0,00	
20.05.92	FIKTIVER BEITRAG	01.05.92	31.05.92	1190,40	1190,40	
20.05.92	FIKTIVER BEITRAG	01.06.92	30.06.92	1190,40	2380,80	
20.05.92	FIKTIVER BEITRAG	01.07.92	31.07.92	1324,80	3705,60	
24.06.92	SAEUMNISZUSCHL.	01.07.92	31.07.92	74,00	3779,60	
24.06.92	MAHNGEBUEHREN	01.07.92	31.07.92	4,00	3783,60	

BANK:DRESDNER BANK   BLZ:12080000 KTO-NR.:01045 210 00
POST:BERLIN   BLZ:10010010 KTO-NR.:84547-103

71

Ausfertigung für den Schuldner
- Gilt als Original -

BARMER
ERSATZKASSE

Geschäftsstelle

Industrie TV gemeinnützige GmbH
Winsstraße 7
0-1055 Berlin

Alt-Friedrichsfelde 60
O - 1136 Berlin

Bank-/Postgiroverbindung

Dresdner Bank   Postgiroamt Berlin
BLZ: 120 800 00   BLZ: 100 100 10
Ktn: 103 742 000   Ktn: 576277-105

Ihre Nachricht vom Ihre Zeichen	Unsere Zeichen Bitte stets angeben	Gesprächspartner Telefon-Durchwahl	Datum
	J 123 Abt.VI Schr/Gn	Hr. ███████ 5165-169	31.08.1992

Beitragsbescheid

Sehr geehrte Damen und Herren,

an die Zahlung der Beiträge haben wir bereits erinnert. Unsere erneute Bitte: Gleichen Sie den Beitragsrückstand nunmehr umgehend aus. Geschieht das nicht, müssen wir leider die Zwangsvollstreckung veran-
lassen.

Vermeiden Sie in Ihrem Interesse einen weiteren Zahlungsverzug. Er wäre für Sie mit Kosten und Unan-
nehmlichkeiten verbunden.

Mit freundlichen Grüßen

a. A.

Frau/ ████████
Beitragsrückstand

Zeitraum	Beitrag DM	Säumniszuschlag nach § 24 Abs. 1 SGB IV DM	Mahngebühr DM	DM
07/92	4.839,00	96,60		4.935,60

Der Rückstand beträgt insgesamt	4.935,60

Ggf. kommen weitere Säumniszuschläge nach § 24 Abs. 1 und 2 SGB IV hinzu.

Die Hinweise auf der Rückseite sind Bestandteil dieses Bescheides.

Techniker Krankenkasse

Techniker Krankenkasse Mollstr 1 1026 Berlin

6331080000904

INDUSTRIE TV
WINSTSTR 7

O-1055 BERLIN

31.08.92 - Az.B5201025001/K1109/0520 - 6/600
Für Rückfragen: Frau L███████████

Beitragsbescheid

Sehr geehrte Damen und Herren,

die von Ihnen zu entrichtenden Beiträge zur Kranken-, Renten- und Arbeits-
losenversicherung der bei Ihnen beschäftigten Mitglieder der Techniker
Krankenkasse haben wir noch nicht vollständig erhalten, so daß folgende
Forderungen zur Zahlung offen stehen.

Beitrags- zeitraum	Beitrag	Säumniszu- schlag	Mahnkosten	sonstige Kosten	Summe
05/92	1316,60	26,20			1342,80
06/92-07/92	13464,40	269,20	2,00		
			Gesamtsumme in DM		15078,40

Bitte überweisen Sie den ausgewiesenen Gesamtbetrag.

Da uns von Ihnen kein Beitragsnachweis vorliegt, haben wir die Beiträge ge-
schätzt. Bitte reichen Sie uns umgehend den fehlenden Beitragsnachweis ein,
damit wir die Schätzung zurücknehmen können.

Ferner bitten wir zu beachten, daß die Beiträge am 15. des Monats für den
Vormonat fällig werden. Spätestens zu diesem Zeitpunkt müssen Sie daher dem
Konto der Techniker Krankenkasse gutgeschrieben sein.

Wir empfehlen Ihnen, die Beiträge künftig im Abrufverfahren zu entrichten.
Bei diesem Verfahren sind wir in der Lage, die rechtzeitige Beitragszahlung
sicherzustellen, ohne daß Ihnen dadurch Mehrarbeit und Kosten entstehen.
Sollten Sie daran Interesse haben, setzen Sie sich bitte mit der für Sie
zuständigen Geschäftsstelle in Verbindung.

Mit freundlichem Gruß
Techniker Krankenkasse

Techniker Krankenkasse Ersatzkasse für die technischen Berufe	Geschäftsstelle Mollstr 1 1026 Berlin	Telefon 2804311	Besuchszeiten Mo-Mi 9-15 Uhr Do 9-17 Uhr Fr 9-13 Uhr	Commerzbank Berlin (Ost) BLZ 2040000 Konto 0060208838

Anhang Nr. TX

5200960501

B 4/H 0.04 | nil

Techniker Krankenkasse

2.9.92

Frau H.

1601

Hamburg
Bearbeitet von
Tel. (0 40) 69 09-
(Durchwahl)

Techniker Krankenkasse, Postfach 60 26 60, 2000 Hamburg 60

Hauptverwaltung Bramfelder Straße 140
2000 Hamburg 60

Telefon (0 40) 69 09-0
Mo-Mi 8.30-15, Do 8.30-17, Fr 8.30-12 Uhr

69 09-0

~~Herrn/Frau~~ Firma
Keller TV GmbH
Winsstr. 7
O-1055 Berlin

Letzte Zahlungs-
aufforderung

Beitragsrückstand   f. Rest 1,2 + 6/92

Sehr geehrte Dame, sehr geehrter Herr,

wir ~~haben~~ Ihnen ~~am~~ | letztmalig | mit~~geteilt~~, daß auf Ihrem Beitragskonto noch | S.206,40 | DM
zur Zahlung offenstehen.

Durch bisher geleistete Zahlungen hat sich die Forderung auf [＿＿＿＿＿] DM ermäßigt.

Inzwischen hat sich unsere Beitragsforderung um weitere 2 DM für diese Zahlungsaufforderung, zusätzliche Nebenkosten und weiteren Säumniszuschlag gemäß § 24 Abs. 2 SGB IV

von [＿＿＿] DM für den Zeitraum vom [＿＿＿] bis [＿＿＿] auf [＿＿＿] DM erhöht.

Bitte überweisen Sie diesen Betrag innerhalb von zwei Wochen. Zahlen Sie bis dahin nicht, werden wir

[X] Zwangsvollstreckungsmaßnahmen gegen Sie einleiten.

[ ] die Forderung im Rahmen des Abkommens über Soziale Sicherheit zwischen der Bundesrepublik Deutschland und
[＿＿＿＿＿＿＿＿＿＿＿＿＿＿＿＿＿＿＿＿] einziehen lassen.

Die dadurch entstehenden Kosten gingen zu Ihren Lasten.

Mit freundlichem Gruß

Bankkonto Commerzbank AG
Hamburg
Konto 22/1035900

74

Betriebskrankenkasse des Landes Berlin

Körperschaft des öffentlichen Rechts

Betriebskrankenkasse des Landes Berlin · Postfach 31 02 40 · 1000 Berlin 31

TV - _Industrie_

Wuusstraße 7

O - 1055 Berlin

Bundesallee 13-14
1000 Berlin 15

Besuchszeiten:
Mo., Di., Do., Fr.
von 8.30 bis 13.00 Uhr,
Mittwoch geschlossen

Bearbeiterin: Frau ▬▬

Telefon: (030)
Vermittlung: 88 95 - 1
Durchwahl: 88 95 - 409 ▬▬

Intern: 99 34 - 403
Telefax: 88 95 - 300

Geschäftszeichen	Ihr Schreiben vom	Ihr Zeichen	Berlin, den
II A 13 / O			02.04.92

Betr.: _Kassenzuständigkeit für_ ▬▬, _Stefanie_

geb. ▬▬

Sehr geehrte Damen und Herren,

im Interesse einer schnellen und unkomplizierten Bearbeitung wir bitten Sie um Verständnis
für diese kurze Form unserer Mitteilung.

Wir möchten Sie bitten:

... Beitragsnachweise und Beiträge für Borner, Stefanie
geb. 11.07.52 ab 01.02.92 zu überweisen.
Wir haben uns am 18.05.92 eine Abbuchungszahlung
in Höhe von 3.600,- DH von Ihnen erhalten.

Im Auftrag
▬▬

Bankverbindungen des "Rechtskreises West":
Sparkasse der Stadt Berlin West   Bank für Gemeinwirtschaft AG   Postgiro   Bankverbindung des "Rechtskreises Ost":
Konto Nr. 090040 907   -Niederlassung Berlin-   Postgiroamt Berlin   Berliner Volksbank
BLZ 100 500 00   Konto Nr. 10 60 33 77   Konto Nr. 34 764-103   Konto Nr. 95 000 364
                                         BLZ 100 101 11   BLZ 100 100 10   BLZ 100 900 00

Anhang Nr. XI

AOK Berlin

Beiträge und Lohnfortzahlungsversicherung

Mehringplatz 15
1000 Berlin 61
Telefon: (030) 25 82 - 3 ? 2 5 7 5
Telefax: (030) 25 82 922

AOK Berlin, Mehringplatz 15, 1000 Berlin 61

Zimmer: 3 4 3

Hummel TV
Gemeinnützige Ges. mbH
Wriesstr. 7
O · 1055 Berlin

Bearbeiter(in):
Herr/Frau / ▓▓▓▓

Wir haben die geltende Arbeitszeit.

Ihr(e) Sachbearbeiter(in) ist für Sie telefonisch zu erreichen
Montag - Dienstag - Donnerstag von 8.15 bis 15.00 Uhr
Mittwoch von 8.15 bis 19.30 Uhr
Freitag von 8.15 bis 14.00 Uhr

Haupteingang und Parkplätze: Wilhelmstraße
Fahrverbindungen: Autobus: 341, 141, 241
U-Bahn: Hallesches Tor · S-Bahn: Anhalter Bahnhof

(Bei Zuschriften und Zahlungen bitte angeben)
Betriebsnummer Ihre Nachricht vom
0 8 4 26 476 25 . 11 . 92

Unser Zeichen Tag
_II_/2 - 316 - 2 3 . 12 . 92

Teilnahme bzw. Nichtteilnahme am Ausgleich der Arbeitgeberaufwendungen nach dem Lohnfortzahlungsgesetz (LFZG) in der Fassung des Beschäftigungsförderungsgesetzes (BeschFG) 1985

Sehr geehrte Damen und Herren!

Aus den hier vorliegenden Unterlagen ist nicht zweifelsfrei erkennbar, ob Sie die Voraussetzungen für eine Teilnahme am Ausgleich der Arbeitgeberaufwendungen erfüllen. Wir bitten Sie daher, diesen Fragebogen sorgfältig auszufüllen und schnellstmöglich an uns zurückzusenden. Die Berechtigung, diese Daten zu erheben, ergibt sich aus § 10 Abs. 5 LFZG.
Die Zweitausfertigung ist für Ihre Akten bestimmt.

Lesen Sie bitte vor der Beantwortung der Fragen auch die Erläuterungen auf der Rückseite dieses Fragebogens.

Mit freundlichen Grüßen
Allgemeine Ortskrankenkasse Berlin
Beiträge und Lohnfortzahlungsversicherung

1. Unterhalten Sie als Arbeitgeber mehrere Betriebe (Siehe Rückseite zu ❶)?	Ja ☐	Sofern Sie **nicht** der Hauptbetrieb sind, bitte diesen Fragebogen vom Hauptbetrieb ausfüllen lassen.	
	Nein ☐		

2. Wann wurde Ihr Betrieb errichtet? _____

3. Besteht zwischen dem Haupt- und Zweig- bzw. Nebenbetrieb eine rechtliche Einheit?   Ja ☐   Nein ☐

4. Sofern Frage 1 mit „Ja" beantwortet wurde:
Welche Betriebe unterhalten Sie insgesamt und welche Krankenversicherungsträger sind für den einzelnen Betrieb zuständig?

Anschriften der Betriebe (Hauptbetrieb bitte ankreuzen): Zuständiger Krankenversicherungsträger

_____ _____
_____ _____
_____ _____

5. Wieviel Arbeitnehmer (bitte beachten Sie dazu die Rückseite zu ❷) werden im Hauptbetrieb und den weiteren Betrieben beschäftigt? _____ Ab wann? _____

Die Angaben stimmen mit den Lohn- und Gehaltsunterlagen überein?

6. Erwarten Sie, daß die zu berücksichtigende Arbeitnehmerzahl während der überwiegenden Zahl der noch verbleibenden Kalendermonate des laufenden Kalenderjahres dreißig überschreiten wird?
Bitte nehmen Sie eine sorgfältige Schätzung vor.   Ja ☐   Nein ☐

7. Wurde Ihr Betrieb nicht im laufenden Kalenderjahr errichtet, bitten wir die Zahl der im vorangegangenen Kalenderjahr beschäftigt gewesenen Arbeitnehmer (Ausnahmen siehe Rückseite zu ❸) in das auf der Rückseite des Fragebogens befindliche Schema einzutragen.

8. Fällt der Betrieb unter die im § 18 LFZG genannten Ausnahmevorschriften? ❹
Wenn ja, unter welche Kategorie?   Ja ☐   Nein ☐
_____

9. Sind Sie Mitglied einer Innung?   Ja ☐   Nein ☐

10. Beschäftigen Sie Mitglieder von Ersatzkassen?   Ja ☐   Nein ☐

_____
(Ort und Datum)

_____
(Stempel und Unterschrift des Arbeitgebers)
|– Rechtsform und Gewerbebezeichnung –|

76

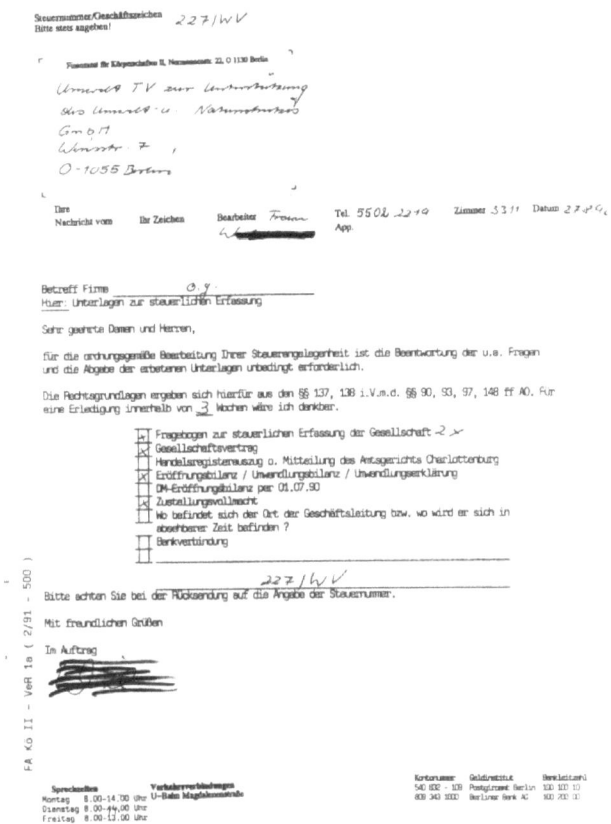

Finanzamt für Körperschaften II

Anhang Nr. XII

Steuernummer/Geschäftszeichen
Bitte stets angeben!   227/WV

Finanzamt für Körperschaften II, Neznansenstr. 22, O 1130 Berlin

Umwelt TV zur Unterstützung
des Umwelt- u. Naturschutzes
GmbH
Wisner 7 ,
O-1055 Berlin

Ihre Nachricht vom	Ihr Zeichen	Bearbeiter Frauw	Tel. 5502 2210 App.	Zimmer 3311	Datum 27.8.91

Betreff Firma   O.g.
Hier: Unterlagen zur steuerlichen Erfassung

Sehr geehrte Damen und Herren,

für die ordnungsgemäße Bearbeitung Ihrer Steuerangelegenheit ist die Beantwortung der u.a. Fragen und die Abgabe der erbetenen Unterlagen unbedingt erforderlich.

Die Rechtsgrundlagen ergeben sich hierfür aus den §§ 137, 138 i.V.m.d. §§ 90, 93, 97, 148 ff AO. Für eine Erledigung innerhalb von __3__ Wochen wäre ich dankbar.

- [x] Fragebogen zur steuerlichen Erfassung der Gesellschaft 2 x
- [x] Gesellschaftsvertrag
- [ ] Handelsregisterauszug o. Mitteilung des Amtsgerichts Charlottenburg
- [x] Eröffnungsbilanz / Umwandlungsbilanz / Umwandlungserklärung
- [ ] DM-Eröffnungsbilanz per 01.07.90
- [x] Zustellungsvollmacht
- [ ] Wo befindet sich der Ort der Geschäftsleitung bzw. wo wird er sich in absehbarer Zeit befinden ?
- [ ] Bankverbindung
- [ ] _____

                    227/WV
Bitte achten Sie bei der Rücksendung auf die Angabe der Steuernummer.

Mit freundlichen Grüßen

Im Auftrag

FA Kö II – VzR 1a (2/91 – 500)

Sprechzeiten
Montag   8.00–14.00 Uhr
Dienstag 8.00–44.00 Uhr
Freitag 8.00–13.00 Uhr

Verkehrsverbindungen
U-Bahn Magdalenenstraße

Kontonummer Geldinstitut   Bankleitzahl
540 802 - 109 Postgiroamt Berlin 100 100 10
809 343 3000 Berliner Bank AG   900 700 10

Finanzamt

GeschZ. (bitte immer angeben)	Fernruf (0 30) 26 04-1 (Vermittlung) Intern (976) Telefax (0 30) 262 91 63	Apparat	Datum
36 Ca 21414/92		**27 81**	**27. August 1992**

Arbeitsgericht Berlin, Lützowstraße 106, D-1000 Berlin 30

Herrn
Dr. Bruno ▓▓▓▓▓▓
GF d. Umwelt TV Gemeinnützige GmbH
Winsstr. 7

O - 1055 Berlin

> Nur der mit einem Kreuz
> gekennzeichnete Text betrifft Sie!

In dem Rechtsstreit **Gert ▓▓▓▓▓▓ ./. Umwelt TV Gemeinnützige GmbH**

ist der auf den **04. September 1992** _____ anberaumte Termin aufgehoben worden, und zwar

☐ aus dienstlichen Gründen.

☐ auf begründeten Antrag d. Kl. - Bekl. - Vertr.

☐ wegen Klagerücknahme.

☒ weil die Ladung d. ▓▓▓ Bekl. mit dem postalischen Vermerk
**"1. Zustellversuch nicht angetroffen 20.8., 2. Zustellversuch nicht
angetroffen 21.8., 3. Zustellversuch nicht angetroffen 22.8."**

zurückgekommen ist und daher unter der angegebenen Anschrift eine Ladung nicht erfolgen kann.

☐

Neuer Güte - ▓▓▓▓▓ Termin

☐ am _____ . dem _____ Uhr. Zimmer

Die in der früheren Ladung enthaltenen Hinweise sind zu beachten.

☒ nach Mitteilung der ladungsfähigen Anschrift d. Kl. ▓▓ Bekl.

☐ auf Antrag einer der Parteien.

☐ von Amts wegen

Gegen diese Entscheidung ist kein Rechtsmittel gegeben.

Auf Anordnung

▓▓▓▓▓▓▓▓

▓▓▓▓ ▓▓▓

Verkehrsverbindungen: U-Bhf Kurfürstenstraße,

Busse: 148 248 341 119

ArbG 824 a - Terminaufhebung (Reinschrift) (2.89)
§ Mai 7519 a AA 0967854321

Arbeitsgericht

78

Berliner Sparkasse

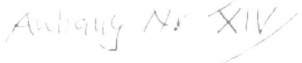 *Anhang Nr. XIV*

Postfach 31 13 20, D-1000 Berlin 31

Kultur TV zur
Förderung des Tourismus
gemeinnützige Gesellschaft mbH
Winsstr. 7

0-1055 Berlin

Bundesallee 171
D-1000 Berlin 31

Telefon (030) 869-01
Telex 183 844
Telefax (030) 860 186/860 187
BTX * 55 050 *
SWIFT BELA DE BE

Bankleitzahl 100 500 00

Ihre Konto-Nr./Ihre Zeichen	Diesen Brief schrieb Ihnen	Telefon	Berlin
	Herr ████████	396 20 03	02.09.1992
	Filialdirektion Zentrum Nord		

Konten der Industrie TV, Kultur TV und Umwelt TV

Sehr geehrter Herr Dr. H████

wir beziehen uns auf das mit Frau Hämmerling am 02.09.1992 geführte
Telefonat und bestätigen Ihnen, daß eine Kenntnisnahme der seinerzeit gegenüber dem Arbeitsamt VII angezeigten Forderungsabtretungen bisher nicht erfolgt ist.

Die mit dem Arbeitsamt von unserer Seite geführten Telefonge-
spräche zur Abgabe der Erklärung blieben ohne Erfolg.

Mit freundlichen Grüßen

Berliner Sparkasse

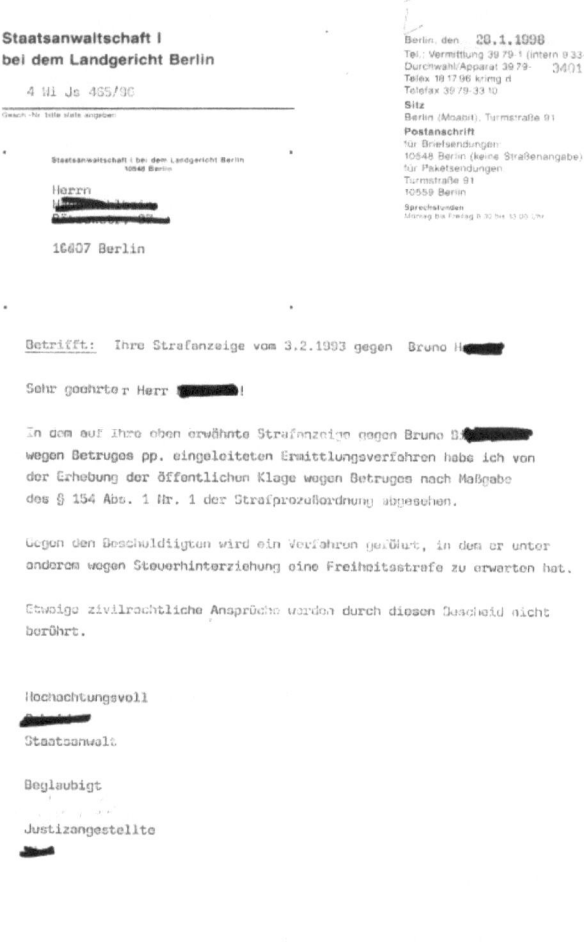

Staatsanwaltschaft I
bei dem Landgericht Berlin

4 Wi Js 465/90

Geschäfts-Nr. bitte stets angeben

Berlin, den 28.1.1998
Tel.: Vermittlung 39 79-1 (intern 9 33-1)
Durchwahl/Apparat 39 79-   3401
Telex 18 17 96 krimg d
Telefax 39 79-33 10
Sitz
Berlin (Moabit), Turmstraße 91
Postanschrift
für Briefsendungen:
10648 Berlin (keine Straßenangabe)
für Paketsendungen:
Turmstraße 91
10559 Berlin
Sprechstunden
Montag bis Freitag 8.30 bis 13.00 Uhr

Staatsanwaltschaft I bei dem Landgericht Berlin
10648 Berlin

Herrn

10607 Berlin

Betrifft: Ihre Strafanzeige vom 3.2.1993 gegen Bruno H.

Sehr geehrter Herr ████!

In dem auf Ihre oben erwähnte Strafanzeige gegen Bruno B.
wegen Betruges pp. eingeleiteten Ermittlungsverfahren habe ich von
der Erhebung der öffentlichen Klage wegen Betruges nach Maßgabe
des § 154 Abs. 1 Nr. 1 der Strafprozeßordnung abgesehen.

Gegen den Beschuldigten wird ein Verfahren geführt, in dem er unter
anderem wegen Steuerhinterziehung eine Freiheitsstrafe zu erwarten hat.

Etwaige zivilrechtliche Ansprüche werden durch diesen Bescheid nicht
berührt.

Hochachtungsvoll

Staatsanwalt

Beglaubigt

Justizangestellte

Staatsanwaltschaft Landgericht Berlin - Strafanzeige gegen Bruno H.
der eigentlich Bruno B. ist

80

Kopie Zeitungsauschnitt Ritter Bruno im Hungerstreik (1)

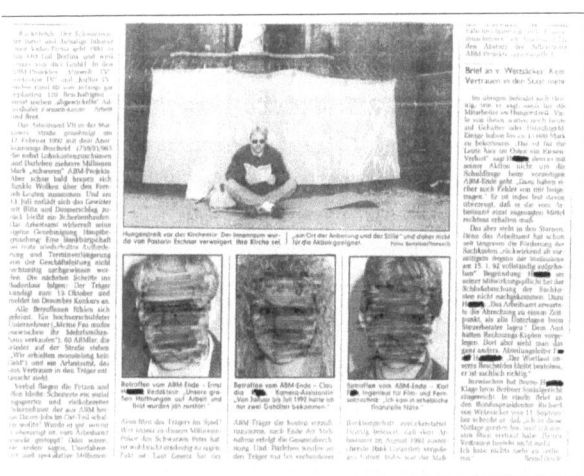

Kopie Zeitungsausschnitt Ritter Bruno im Hungerstreik (2)

Das Buch:

In dieser wahren Geschichte blickt der Autor zurück in die Turbulenzen der Nachwendezeit. Auf der Suche nach einer neuen Arbeit wird er Opfer eines „Glücksritters der Einheit".

In seiner dokumentarischen Erzählung versucht der Autor das aufzuarbeiten, was ihm zwei vergeudete Jahre seines Lebens gekostet hat. Die Geschichte ist ein exemplarisches Beispiel für die enttäuschte Hoffnung mancher Ostdeutscher in einen Neuanfang.

Zugleich dokumentiert der Autor in seiner sehr persönlichen Geschichte wie die kriminelle Energie einzelner Eroberer des Ostens Menschen und Behörden betrogen und hinters Licht geführt hat.

Der Autor:

Hans Hohlbein wurde in Heyerode (Thüringen) ge-
boren und studierte an der Babelsberger Filmhoch-
schule Kamera. Er arbeitete als Kameramann und
Regisseur bei der DEFA und beim Deutschen Fernsehfunk. Nach der Wende war er als Kameramann
und als Filmemacher tätig und schrieb Manuskripte
für Dokumentationen und PR Filme.

Unter dem Titel „Lichte Höhe" – Anekdoten aus einer vergangenen Republik erschienen 2008 seine
ersten Kurzgeschichten.

Im Dezember 2012 veröffentlichte er seinen ersten
Roman unter dem Titel „Flüchtige Verstrickungen".

Die zweiten Kurzgeschichten „Vom Hinterhof zum
Gartenhaus" >Wie der Helmholtzplatz zum Helmi
und die Bötzowstraße zum Bötzowviertel wurde<,
erschienen 2017.